Fanny & Pepsi

Corinna Belz · Regina Schilling

Fanny & Pepsi

CARLSEN

Für Nina, David, Katharina und Janosch

Die im Text zitierten Stellen aus *Romeo und Julia*
von William Shakespeare folgen der Übersetzung
von August Wilhelm Schlegel aus dem Jahre 1843/44.

2 3 01 00

Umschlag und Innenillustrationen: IRMA
Satz: Dörlemann Satz, Lemförde
Druck und Bindung: Pustet, Regensburg
ISBN 3-551-58056-1
Printed in Germany

Köln, Montag, 17. August

Liebe Pepsi,

was wir uns gestern versprochen haben, müssen wir auch halten: ewige Brieffreundschaft! Hier kommt der erste Brief von Fanny, deiner besten, schönsten, klügsten und einzigen Cousine. Schade, dass dein Geburtstag schon vorbei ist. Ich wünschte, ich wäre auch bald 14 Jahre alt. Aber ich muss ja erst mal 13 werden. Wenn ich mich beeile, hole ich dich noch ein. Mit Mamas Hilfe könnte ich das sogar schaffen: Als wir gestern nach Hause fuhren, raste sie mit ihrem roten Sportwagen schneller als die Zeit. Mit Tempo 200 immer auf der Überholspur.

Vom Gepäck in die Ecke gequetscht, saß ich hinten auf der Rückbank wie ein platt gedrückter Mäusespeck in Todesangst. Mein ganzes Leben zog an mir vorbei: meine 28-Stunden-Geburt, der Tag, an dem Mama ihre Sachen packte und von zu Hause auszog, zwei Wochen später mein erster Schultag, der Tod meines Goldfischs Nicki, mein erster Pickel vor drei Tagen. Und das sollte alles gewesen sein?

Tief in Gedanken wurde ich plötzlich nach vorne gerissen, die Reifen quietschten und Mama fuhr auf einen Parkplatz. Wir hatten uns verfahren. Sie hatte eine Ausfahrt verpasst und ich sollte auf der Karte nachschauen, wo wir sind. Das ist meine Mama, das Chaos persönlich.

Wie oft ist sie diese Strecke wohl schon gefahren? 100-mal? 1000-mal?

Ich schaute auf der Karte nach. »Alles okay, Mama. Noch fünf Ausfahrten, und dann kommt die nach Köln.«

Ich frage mich, wie sie überhaupt Sportreporterin werden konnte. Da muss sie doch ständig durch die Gegend fahren.

»Wenn ich dich nicht hätte, Schnake«, sagte Mama und fuhr zurück auf die Autobahn.

Ich versank wieder in meinen Gedanken. Es war so schön bei euch in Winseln. Wie wir alle in eurem Garten saßen und den leckeren Möhrenkuchen von Tante Doro gegessen haben. Dass unsere Mütter Schwestern sind, kann ich gar nicht glauben! Sie sind so verschieden wie ein Geodreieck und ein Radiergummi. Am liebsten würde ich so wohnen wie du. Auf dem Land, mit lauter Wiesen drum herum, auf denen Kühe stehen. Stattdessen muss ich hier in Köln jeden Morgen, wenn ich aus der Tür komme, damit rechnen, in Hundescheiße zu treten oder von einem Irren überfahren zu werden.

»Na, Fanny, wie fandest du unseren Ausflug? Ich bin froh, dass wir wieder in die Stadt fahren, zurück in die Zivilisation. Wie Doro das in Winseln aushält, ist mir ein Rätsel. Da möchte ich nicht begraben sein.« Wollte Mama jetzt eine Antwort auf ihre Frage oder führte sie Selbstgespräche? Ich sagte einfach nichts.

»He, du dahinten, ich hab dich was gefragt.«

»Ich fand's super. Mama, kannst du nicht auch mal so einen Möhrenkuchen wie Tante Doro backen?«

Mama lachte. »Ich kann's versuchen. Aber mach mir keine Vorwürfe, wenn du hinterher ins Krankenhaus musst.«

Sie trat wieder auf die Bremse. Wir standen im Stau. »O nein, nicht schon wieder«, dachte ich. Beim letzten Mal saßen wir zwei Stunden fest.

GIB MIR DAS LICHTSCHWERT VON DARTH MAUL; ICH LASSE EUCH DIE DUNKLE SEITE DER MACHT SPÜREN. ALLE AUTOS SOLLEN ZU EINEM BLECHKLUMPEN VERSCHMOREN UND DANN …

»Fanny, hast du noch ein Stück Möhrenkuchen für mich?«, unterbrach Mama meine heimlichen Verwünschungen.

»Nein. Ein Stück ist für Papa, und das andere esse ich morgen in der Schule.«

Wir standen noch ewig auf der Autobahn rum. Der Stau kostete mich eine halbe Stunde Schlaf. Ich lag erst um zehn Uhr im Bett. Nur noch achteinhalb Stunden bis zum Weckerklingeln. Was für eine blöde Fahrt nach deinem schönen Geburtstagsfest.

Ach, am liebsten wäre ich noch ein paar Wochen bei euch geblieben. Aber was würde mein Papa dann machen? Wer würde ihm abends in der Buchhandlung beim Kassemachen helfen?

Jetzt muss ich Schluss machen und den Herd vorheizen, damit die Pizza fertig ist, wenn Papa aus dem Laden kommt.

Schreib sofort zurück!!!

Und denk dran: Von Montag bis Freitag bin ich bei Papa. Samstag und Sonntag bei Mama. Damit deine Briefe immer im richtigen Briefkasten landen!

Deine Fanny Niere

Winseln, Mittwoch, 19. August

Hi, Fanny,

lass uns tauschen, und du kannst dieses matschige Öko-Essen jeden Tag genießen. Heute hat Mama einen Kartoffelkuchen gebacken (würg). Du hättest deine liebe Verwandtschaft sehen sollen, wie sie am Mittagstisch saß. Papa war noch im Schlafanzug und trank Kaffee. Das Mittagessen ist sein Frühstück. Er hatte wie immer die ganze Nacht am Computer durchgearbeitet, weil er total im Stress ist. In zwei Wochen muss er ein neues Computerprogramm fertig haben. Mimi drückte vor aller Augen einen Haufen in ihre Windel und die Küche stank höllisch. Heinrich regte sich furchtbar auf, als ich sagte: »Heini, räum du mal den Tisch ab!«

Er findet, dass ein Mann von 16 Jahren nicht mehr »Heini« heißen kann. Ab sofort will er nur noch »Henry« genannt werden. Natürlich werde ich jetzt erst recht »Heini« zu ihm sagen. Ein praktisches, jederzeit einsatzbereites Folterinstrument.

Mama wollte ihn trösten: »Sei froh, dass du wenigstens einen schönen Nachnamen hast. Heinrich Schilausky klingt doch sehr gut. Was glaubst du, wie Tante Gaby und ich früher unter dem Namen ›Niere‹ gelitten haben. Wir wurden in der Schule immer nur ›die Nieren‹ genannt. Am schlimmsten war es, wenn die anderen Kinder riefen: ›Da kommen ja schon wieder die *sauren Nierchen.*‹ Könnt ihr euch das vorstellen?«

Klar. Du kannst dir das vorstellen, Fanny. Du heißt ja selber Niere …

Warum haben deine Eltern damals eigentlich nicht geheiratet? Dann hättest du Fanny Sonntag heißen können.

Nach dem Essen schloss Heini sich mit Mimi zwei Stunden in seinem Zimmer ein, um mit ihr die Aussprache von »Henry« zu trainieren. Als Belohnung verfütterte er eine Rolle Smarties an sie. (Wenn Mama das wüsste: Wir sollen ja bis zu unserem 18. Lebensjahr in der zuckerfreien Zone leben.)

Ich muss noch mein Lieblings-T-Shirt waschen. Bei Mama weiß man nie, ob die Sachen nach der Wäsche noch ihre Originalgröße und -farbe haben. Morgen feiern die zehnten Klassen eine Party in der Schule. Ich habe Heini mit 5 Überraschungseiern bestochen, damit er mich mitnimmt. Ich muss mich einschleichen, weil ich doch erst in der Acht bin. Rat mal, wer auch da sein wird?

Immer deine Penelope PEPSI
Schilausky

PS: Gestern traf ich vor der Tür unseren Briefträger, den schweigsamen Herrn Wurm. Er gab mir deinen Brief mit den Worten: »Ich wusste gar nicht, dass du lesen kannst, Pepsi.«

»Ich wusste gar nicht, dass Sie sprechen können«, sagte ich.

Köln, Donnerstag, 20. August

Liebe Pepsi,

eben bin ich aus der Schule gekommen, hab mir ein Brot mit Kräuterquark gemacht und mich gleich an den Schreibtisch gesetzt, um dir zurückzuschreiben. Papa hat keine Zeit für eine Mittagspause. Er ist allein in der Buchhandlung, es ist »Hochbetrieb«. Jetzt ist es genau 13.45 Uhr. Mein Tagesplan:

13.45–14.30 Uhr:	Brief an Pepsi
14.30–15.30 Uhr:	Aufräumen
15.30–16.00 Uhr:	Hausaufgaben
16.30–17.00 Uhr:	mit der Straßenbahn zum Kieferorthopäden
17.00–17.30 Uhr:	Kieferorthopäde
17.30–18.00 Uhr:	mit der Straßenbahn nach Hause
18.00–18.15 Uhr:	die ersten drei Songs meiner Spice-Girls-CD hören
18.15–19.00 Uhr:	Schlemmerfilet in den Ofen, Papa in der Buchhandlung helfen und Kasse machen
19.00 Uhr:	Abendessen

Danach muss Papa mich alles über das Pantoffeltierchen abfragen, ich schreibe morgen einen Biotest. Vorher muss ich mir noch die Haare waschen, weil ich unbedingt um 21.00 Uhr im Bett sein will. Dann habe ich noch 9,5 Stunden Schlaf.

Hast du etwa die Hoffnung, auf Heinis Klassenparty

diesen Robert zu treffen? Der dich *fast geküsst* hätte, als er mit dir diesen langen Waldspaziergang machte? Dieser Robert, der dir genau erklärt hat, wie sich die Zecken von den Farnen auf die Menschen fallen lassen?

Mist, es ist 14.30 Uhr. Ich muss auf der Stelle Schluss machen. Antwort umgehend erwünscht.

Love & Peace FANNY

PS: Was machen deine komischen Freundinnen Traube und Charlie? Die Konfettibombe, die sie dir zum Geburtstag geschenkt haben, hätte ich nicht lustig gefunden. Danach habt ihr bestimmt drei Tage lang das Haus gesaugt.

PPS: Warum meine Eltern nicht geheiratet haben? Mama wollte Oma Nierchen ärgern. Und Papa wollte kein Ehemann sein, hat er gesagt.

Aber wer weiß, vielleicht krieg ich die beiden doch wieder zusammen.

Winseln, Sonntag, 23. August

Hi, Fanny,

was gäbe ich darum, wenn ich am Wochenende auch mal woanders wohnen könnte. Ich müsste mich nicht um Mimis verkackte Windeln kümmern, würde nicht durch Heinis Langeweileattacken gestört und von Mama mit Rette-die-Welt-Vorträgen verfolgt (»Pepsi, in deinem Alter habe ich schon Zeitung gelesen und für Hungerkatastrophen Geld gesammelt«). Frag mal deine Mutter, ob das stimmt.

Ich wäre bei Papa allein zu Haus und könnte machen, was ich will. Der merkt ja nicht mal, wenn sein Bademantel brennt oder Einbrecher die Wohnung ausräumen. Hauptsache, sie lassen ihm seine Maus.

Ach, wie schön wäre das: ich allein. Ich würde meine Freundinnen einladen, wir würden ein leckeres Fressfest machen und Pizza backen. Keiner würde meckern, wenn wir die Speisekammer plündern, wenn Eigelb an den Geschirrhandtüchern und an der Bettwäsche klebt. Wieso an der Bettwäsche? Na ja, wir würden das Festessen natürlich auf meinem Bett machen und dabei Musik hören.

Aber eigentlich wollte ich dir ja von der Party erzählen. Sie war ganz anders, als ich erwartet hatte. Charlie wollte eine Klatschgeschichte für unsere neue Schülerzeitung *Das Pausenbrot* schreiben. Lies mal:

Pepsi Schilausky trug eine weite Hose, deren Hintern fast in den Kniekehlen hing, dazu ein bauchfreies lila-rot geblümtes Top, sechzehn selbst geflochtene Freundschaftsbändchen um den Arm, drei selbst aufgefädelte Perlenketten um den Hals. Ihren Kopf schmückten die ersten Dreadlocks, die Winseln je gesehen hat. Die Füße waren verziert mit neuen Turnschuhen. Sie kam in Begleitung ihres älteren Bruders Heini. Sein Outfit war ein erschütternder Kontrast zu ihrem stilsicheren Auftreten: eine viel zu enge Röhrenjeans der Marke »Wildes Pferd« und ein weißes Trikot seines Fußballvereins SC Winseln, an den Füßen schwarze Halbschuhe.

Damit wäre eigentlich schon alles über den Abend gesagt. Eingeweihte aber wissen noch ganz andere Dinge zu berichten …

An dieser Stelle habe ich Charlie verboten weiterzuschreiben, denn der Abend war ziemlich peinlich für mich. Der totale Reinfall: Heini, dieser Idiot, traf nämlich vor dem Haupteingang seine Freunde aus der Zehn, und ehe ich mich versah, war er in der Schule verschwunden. Als ich alleine eine Karte kaufen wollte, sagte der stellvertretende Schulsprecher an der Kasse:

»Dich kenn ich doch, du kommst hier nicht rein. Du bist doch erst in der Acht. Tut mir Leid, aber wir mussten dem Direktor versprechen, niemanden aus den unteren Klassen reinzulassen. Sonst kriegen wir das nächste Mal die Aula nicht.«

Hinter mir bildete sich eine Schlange. Lauter Mädchen und Jungs aus der Zehn, ganz hinten auch Robert. Ich war schockgefrostet. Dann wurde mir heiß. Das konnte doch nicht wahr sein! Die fünf Stunden Vorbereitungszeit heute Nachmittag sollten umsonst gewesen sein? Das kann man mit einer Pepsi Schilausky nicht machen!

»Das ist doch nicht dein Ernst«, murmelte ich. Aber es war sein Ernst. Dieser überangepasste Angsthase ließ mich einfach nicht rein. Hinter mir fingen sie schon an zu drängeln. Ich dachte, ich sterbe, und versuchte möglichst unauffällig wieder hinauszukommen. Aussichtslos mit meiner Frisur.

»Hi, Pepsi.« Robert grinste mich an. Neben ihm stand Liane, ein Mädchen aus seiner Klasse mit einem schwarzen Pferdeschwanz. Der ist so lang, dass er wie das Pendel einer Standuhr über dem Saum ihres rosa Lack-Minirocks hin- und herschwang. »Hi, Robert«, flüsterte ich und verschwand mit knallrotem Kopf nach draußen.

Vor dem Schultor hingen Charlie, Traube und die anderen Leute aus meiner Klasse rum. Komisch, dass ich die vorher nicht gesehen hatte. Der rothaarige kleine Bodo, der auf dem letzten Schulfest alle Mädchen mit seinem Saxophon hypnotisiert hatte, grinste breit:

»Hey, Pepsi, pass auf, dass dir vor Scham nicht die Hose runterrutscht. Obwohl ... dann könnten wir einen Blick auf deine Unterhose werfen. Was für eine Farbe hat die wohl? Schwarze Spitze?« Alle fielen vor Lachen fast vom Geländer, sogar Charlie und Traube.

»Gar nicht so falsch«, knallte ich ihm an den Kopf. »Und du? Hat dir deine Mama heute Morgen die hellblauen Pampers angezogen?«

Wie so oft nutzte Traube die Gelegenheit, mir eins auszuwischen. »Pepsi trägt immer noch ihre alten Unterhosen mit den Schlümpfen drauf.«

»Du musst es ja wissen«, fauchte ich, ging aber trotzdem mit ihnen in unser Lieblingscafé Klotz.

Nach einer halben Stunde wurden wir rausgeschmissen. Bodo hatte seinen Milchshake mit einem Blasinstrument verwechselt. Er blies ein Wahnsinns-Saxophonsolo auf dem Strohhalm, bis das ganze Café, wir und die Kellnerin, aussahen, als wären wir auf einer Milchschaumparty. Jetzt waren wir nicht mehr zu halten, wir sausten mit Lichtgeschwindigkeit am schlafenden Stellvertreter des stellvertretenden Schulsprechers vorbei in die Schule.

Drinnen war es heiß, feucht, finster und laut. Als sich meine Augen an das Dunkel gewöhnt hatten, entdeckte ich Robert, eng umschlungen mit Liane. Ich sah ihnen beim Tanzen zu. Auf einmal legte sich von hinten eine schwere Hand auf meine Schulter.

»Penelope, beim nächsten Ton ist es 22 Uhr, elf Minuten und zehn Sekunden. Wenn du nicht sofort die Biege machst, muss dich dein großer Bruder hier leider eigenhändig rausschmeißen. Ich habe Mama versprochen, dass du um zehn zu Hause bist.«

Ich versuchte, ihn umzustimmen und erinnerte ihn an die Überraschungseier. Aber Heini, der Verräter, blieb hart. Er hatte ein blondes Mädchen im Arm und war nicht davon abzubringen, mich vor die Tür zu setzen. Warum wohl? Damit er in Ruhe diese Barbie knutschen konnte.

Zu Hause lagen Papa und Mama im Tiefschlaf vor dem Fernseher. Ich stampfte die Treppe hoch und ging ohne Zähneputzen ins Bett. Erst wird von mir verlangt, um zehn Uhr zu Hause zu sein, und dann interessiert es niemanden, wann ich komme. In der Nacht träumte ich von Robert. Er sah aus wie Tarzan und schwang sich an Lianen durch das Café Klotz.

Das Leben ist hart, aber ungerecht.

Deine PEPSI

PS: Schick mir doch bitte, bitte zwei Bountys. Ich brauche Zucker.

Köln, Sonntag, 30. August

Hallo, Pepsi-Cola,

du bist wahrscheinlich schon ganz unterzuckert, weil du seit Tagen auf die Bountys wartest, aber ich konnte nicht früher schreiben, weil ich so viele Hausaufgaben machen musste. Die Bountys sind bestimmt zermatscht, oder? Ich musste sie in den Umschlag quetschen, sonst hätte ich noch mehr Briefmarken draufkleben müssen.

Zuerst stelle ich dir vier Fragen:

1. Wie hast du es geschafft, deine blonden Spargelhaare in Dreadlocks zu verwandeln?
2. Seit wann trägst du bauchfreie Tops????
3. Hat Heini echt mit einer Barbie geknutscht?
4. Findest du Küssen auch so ekelhaft?

Du wohnst auf dem Land und erlebst immer die aufregendsten Sachen. Ich wohne in der Stadt und hier passiert gar nichts. Alles, was ich zu berichten habe, ist, dass meine Mutter unbedingt wollte, dass ich mit ihr zum Hochsprungwettkampf gehe.

»Um drei müssen wir spätestens los«, warnte sie mich. Um drei hatte ich meine Jacke an und rief: »Ich bin so weit. Wir können gehen!«

Als Antwort hörte ich aus Mamas Arbeitszimmer hektische Tippgeräusche.

»Bist du mit deinem Artikel mal wieder nicht fertig geworden?«, stöhnte ich.

»Nur noch drei Minuten. Ich muss noch schnell was aufs Fax legen!«

Die drei Minuten kenne ich. Ich zog meine Jacke wieder aus. Nach zwanzig Minuten kam sie und sagte: »Wieso hast du deine Jacke noch nicht an, wir sollten schon längst weg sein.«

Sie suchte ihre Sachen zusammen. »Komm jetzt, wir müssen wirklich los. Wir sind wie immer zu spät. Such mir doch eben meine Dings. Die liegt im Dings auf dem Dings.«

Die Dings im Dings auf dem Dings, das konnte nur ihre Brille sein. Die hatte sie in die Haare geschoben. Ich machte sie darauf aufmerksam.

»Wenn ich dich nicht hätte, Schnake.«

In einem Affenzahn fuhren wir in einen Vorort von Köln, zu einer großen Turnhalle. Es stank entsetzlich nach alten Schweißfuß-Turnschuhen. Die Hochspringer sahen aus, als würden sie am Wettbewerb »Der größte Mann von Deutschland« teilnehmen. Staksige lange Giraffenbeine mit kleinen Köpfen obendrauf. Mit dem Gewinner sollte Mama ein Interview für ihre Zeitung machen. Ich sah, wie sie zielstrebig auf Karl Tränenteich zuging, der nur den dritten Platz belegt hatte. Weil sie so eitel ist, setzt sie ihre Brille immer nur zu Hause und beim Autofahren auf. Schnell lief ich hinter ihr her, zupfte an ihrer Kapuzenjacke und zeigte ihr den Gewinner.

»Wenn ich dich nicht hätte, Schnake.«

Es ist jetzt genau 18.45 Uhr. Mama ruft mich zum Abendessen. Heute gibt es ausnahmsweise etwas Leckeres: Pellkartoffeln mit Kräuterquark und Möhrensalat. Ich war selbst einkaufen, damit ich mal was Gesundes zu essen kriege.

Auf jeden Fall liege ich heute Abend um 21.00 Uhr im Bett. Dann habe ich noch 9,5 Stunden Schlaf (juchhu!!!).

Wie, wann und wo sehen wir uns wieder und sind froh?

Deine Fanny

Winseln, Mittwoch, 2. September

Liebe Fanny,

gierig habe ich deinen Brief aufgerissen und erst mal die Bountys gemampft. Sie sahen aus wie überfahrene Hamster. Hmm, haben die gut geschmeckt.

Jetzt bin ich gestärkt und kann dir antworten.

Zu Frage 1: Traube hat mir ein Geheimrezept für Dreadlocks gegeben. Ich rührte einen warmen Brei an und verteilte ihn über den ganzen Kopf. War eine ziemliche Sauerei. Dann habe ich die Haare in lauter kleine Zöpfchen gedreht, und als das Zeug trocken war, standen sie ab wie Betonpfeiler.

Hier die Zutaten: Die Pampe besteht zu 85 Prozent aus Zucker. Die restlichen 15 Prozent, die sie besonders haltbar machen, sind Honig, Eigenurin, Kaffeesahne und ein Eigelb.

Ich hatte die Spirellinudeln, wie Heini sich ausdrückte, schon ein paar Tage auf dem Kopf, da wollte in der Schule plötzlich keiner mehr neben mir sitzen, weil meine Haarpracht so komisch roch. Nach etwa 10 vergeblichen Haarwäschen rief ich Traube an und fragte sie, woher dieser Geruch kommt.

»Mach dir keine Sorgen, das ist alles organisch«, sagte sie. »Wenn die Fäulnisprozesse einmal abgeschlossen sind, duftet dein Haar wunderbar nach Heu.«

Ich sah meine Verführungskräfte schwinden. Saxophon-Bodo sagte: »Du riechst wie ein nasser, alter Hund.«

Und Robert hat eine Heuallergie. Das hat er mir auf unserem allerersten (und einzigen) Waldspaziergang verraten (dabei haben seine Eltern einen Bauernhof). Als ich mich gestern Abend lange im Spiegel anschaute, roch ich nicht nur wie ein Hund – ich sah auch so aus. WAU! Wer will schon mit einem alten, nassen Hund knutschen. Ich setzte mich auf den Klodeckel und weinte ein bisschen. Nachdem ich eine Weile so gesessen hatte – Heini und Mimi hämmerten schon gegen die Tür –, sah ich plötzlich durch den Tränenschleier die Lösung des Problems auf der Waschmaschine liegen: die Nagelschere. Schnipp-schnapp, schnipp-schnapp – Haare ab. Als ich danach die Tür aufschloss, fielen Heini und Mimi vereint in Ohnmacht. Jetzt sehe ich aus wie ein Meerschweinchen. Als ich in die Küche kam, kochte Mama und las in ihrem Yoga-Buch. Dass ich die Haare abgeschnitten hatte, merkte sie gar nicht.

Beim Abendessen meinte Papa: »Du siehst so anders aus, Pepsi. Bist du dünner geworden?«

Heini und ich schauten uns an und seufzten.

Frage 2 und 3:

Das bauchfreie Top war ein verhängnisvoller Zufall. Ich hatte vergessen, mein Lieblings-T-Shirt selbst zu waschen. Mama Niere-Schilausky steckte es in die Kochwäsche, und als es wieder rauskam, war nur noch die Hälfte davon übrig. Ab jetzt werde ich nur noch bauchfrei tragen, um alle Blicke von meinem nicht vorhandenen Haar und meinem nicht vorhandenen Busen auf meinen wunderschönen Nabel zu lenken. Mit einem nackten Bauchnabel kann man nicht viel falsch machen. Alle haben einen Bauchnabel. Sogar Heini. Ob er mit dieser Barbie geknutscht hat, kann ich dir nicht sagen.

Er schweigt dazu wie ein Grab. Wahrscheinlich küsst er auch wie eins.

Da wären wir schon bei Frage 4:

In Sachen KÜSSEN kann dir deine gute alte Pepsi einiges erzählen. Also, erstens ist Küssen eklig, zweitens ist es nicht eklig. Eklig war es zum Beispiel bei meinem ersten Kuss. Da steckte mir so ein Kerl aus der Zehnten, den ich gar nicht kannte, auf einer Party in der Molkerei beim Tanzen plötzlich seine Zunge in den Mund. Ich war so erschrocken, dass ich glaubte, es mit seltsamen außerirdischen Liebespraktiken zu tun zu haben. Ich dachte immer, ich wüsste schon alles. Wie man Kinder macht. Und dass Verliebte sich küssen. Aber dass man dabei mit der Zunge im Mund des anderen rumrührt, war irgendwie an mir vorbeigegangen. Heini erklärte mir, dass sei alles ganz normal. Mich interessiert weniger, was normal ist, als was schön ist. Ich hab es seitdem nicht mehr gemacht. Aber ich kann mir vorstellen, dass es schön ist, meine Lippen auf Roberts Lippen zu legen. Zwei weiche Moospolster. Um es kurz zu machen, weiter bin ich in der Sache noch nicht. Vielleicht bin ich auch ein Spätzünder.

Ich brauche eine neue Hose. Deshalb darf ich Samstag mit Papa zusammen nach Hannover fahren. Er muss zu seinem Software-Auftraggeber, und ich darf während der Zeit ganz alleine einkaufen gehen. Ohne Mama. Ohne Heini. Und ohne Mimi, die mit ihren voll geschissenen Windeln die Riechorgane der schicken Verkäuferinnen bei Hasi und Mausi foltern würde.

Bye-bye, meine Fanny-Tyranny. Schreib SOFORT zurück!

Bussi von PEPSI

PS: Sag deiner Mutter, in Winseln finden bald die Europameisterschaften im Kuhfladen-Weitwerfen statt. Der Sieger wird zur Weltmeisterschaft nach Oklahoma in Amerika eingeladen. Echt wahr. Darüber soll sie doch mal in ihrer Zeitung schreiben. Dann könnten wir uns bald wieder sehen.

Köln, Freitag, 4. September

Liebe Pepsi,

ich bin verwirrt. Und ich bin Klassensprecherin. Obwohl ich gar nicht wollte. Vor ein paar Tagen hatten wir eine Organisationsstunde mit Frau Schmitt-Holz, der nettesten Lehrerin der Welt. Sie ist wunderschön, hat lange dunkelrote Locken und ist immer gut gelaunt. Außerdem kann man sie alles fragen. Sie unterrichtet Deutsch und Biologie.

Die neuen Klassensprecher sollten gewählt werden. Bisher waren es Sabrina und Johnny, die beiden Superstars der Klasse.

Ich mag Sabrina nicht, sie weiß immer über alles und jeden Bescheid. Und wenn sie mal nicht Bescheid weiß, fragt sie dich so lange aus, bis du ihr alles erzählst, was sie wissen will. Wahrscheinlich wird sie immer gewählt, weil alle Angst vor ihr haben. Johnny ist ein Superstar, weil er so gut aussieht. Das ist vielleicht auch der Grund, warum er so eingebildet ist. Zumindest wirkt er so, als sei er eingebildet. Er hat keine richtigen Freunde in der Klasse, und Reden ist auch nicht gerade seine Lieblingsbeschäftigung. Höchstens mal ein cooler Spruch. Niemand weiß was über ihn, noch nicht mal Sabrina. Aber alle Mädchen schwärmen heimlich für ihn, deshalb ist er auch im fünften Schuljahr zum Klassensprecher gewählt worden. Jetzt waren sich alle sicher, dass Sabrina und Johnny wieder gewinnen würden.

Aber Frau Schmitt-Holz wollte, dass wir neue Kandidaten vorschlagen. Meine beste Freundin in der Klasse, Bastiane, schlug mich vor. Ich trat ihr gegens Schienbein.

Ich bin nicht wild auf solche Ämter. »Gegen diese Sabrina muss man einfach was unternehmen«, flüsterte sie.

»Dann lass du dich doch zur Klassensprecherin wählen.«

»Nö, keinen Bock.« Das ist typisch Bastiane, sie zieht lieber die Fäden im Hintergrund.

Tja, und so ging es weiter: Johnny bekam mit Abstand die meisten Stimmen, gefolgt von Sabrina und mir mit gleich vielen Stimmen.

»Ich ziehe freiwillig zurück«, rief ich erleichtert.

»Das geht nicht, es verstößt gegen die Vorschriften einer Klassensprecherwahl. Erst vor kurzem habe ich das in der Schulordnung nachgelesen«, protestierte Bastiane.

Sabrina schaute mich an, als wolle sie gleich eine Knarre rausholen, um mich aus dem Weg zu räumen.

»Stimmt genau. Ihr müsst eine Stichwahl zwischen Fanny und Sabrina machen«, sagte Frau Schmitt-Holz.

Ich dachte, hoffentlich verliere ich. Sabrina will ich nicht zur Feindin haben.

Aber mein Wunsch wurde nicht erfüllt. Am Ende gewann ich mit einer einzigen Stimme Vorsprung.

Beim Klingeln liefen alle raus in die Pause. Als ich mit Bastiane die Treppe runterging, überholte mich Sabrina mit Simone und Ina, zwei blassen Gestalten, die ihr auf Schritt und Tritt folgen.

»Herzlichen Glückwunsch, Fanny. Hoffentlich bereust du das nicht schon bald«, zischte sie mir ins Ohr. Ihre beiden Schatten Simone und Ina schauten mich böse an.

»Ah, Sabrina & Co. sind wieder unterwegs«, lachte

Bastiane. »Na, Sabrina, haben dir deine Hofdamen heute schon die Füße geküsst? Oder werden sie dich jetzt verlassen, weil du keine Klassensprecherin mehr bist?«

Bevor Sabrina uns was ganz Schlimmes antun konnte, zerrte ich Bastiane die Treppe runter, und wir liefen weg.

Seitdem reden Sabrina & Co. kein einziges Wort mehr mit mir. Was mir nicht so wahnsinnig viel ausmacht, denn jetzt werde ich wenigstens nicht mehr ausgefragt.

Sonst könnte es passieren, dass diese Schlange erfährt, dass ich den ersten Liebesbrief meines Lebens bekommen habe. Da staunst du, was? Einen Liebesbrief!

Gestern Morgen, an meinem ersten Tag als Klassensprecherin, holte ich mein Mathebuch aus dem Rucksack. Dabei fiel ein Briefumschlag heraus. Ich hob ihn auf und las: »Für Fanny von Johnny«. Mein Herz fing so fest an zu schlagen, dass es wehtat. Komisches Gefühl. Ich traute mich aber nicht, den Brief im Unterricht aufzumachen, mit dreißig Augenpaaren im Nacken. Ich versuchte, mir nichts anmerken zu lassen, und beobachtete heimlich Johnny, ob er mir ein Zeichen geben würde. Ich wollte ihm irgendwie zeigen, dass ich seinen Brief entdeckt hatte. Aber er schaute mich kein einziges Mal an. Wahrscheinlich schämte er sich.

Nach der letzten Stunde rannte ich die Treppen runter, um schnell zu Hause zu sein. Komischerweise stand Papa am Schultor.

»Ist was passiert?«, fragte ich ihn.

»Ne, ich hab einfach über Mittag den Laden zugemacht, keine Lust heute. Ich dachte, ich hole dich ab, und wir gehen was essen. Vielleicht einen Hamburger oder auch zwei?«

»Igitt, alles, aber bloß keine Hamburger.«

In dem Moment kam Frau Schmitt-Holz um die Ecke.

»Hallo, Frau Schmitt-Holz. Wie ich von Fanny höre, machen Sie so einen tollen Deutschunterricht. Kommen Sie doch mal in meiner Buchhandlung vorbei. Ich habe da einen ganz interessanten Roman von einem unbekannten Autor. Der wäre was für Ihren Deutsch-Leistungskurs. Am besten kommen Sie mittags, da ist kaum was los.«

So ist Papa. Er will jeder Frau gefallen.

Sie sagte ahnungslos: »Vielleicht komme ich morgen mal vorbei, da bin ich zufällig in der Nähe.«

Normalerweise hätte ich mich über diesen plumpesten aller Vater-Anmachversuche tierisch aufgeregt, aber jetzt wollte ich nur nach Hause und den Brief lesen.

»Komm schon, Papa, ich hab Hunger.« Wir gingen in einen Bioladen mit Imbiss. Ich verdrückte schnell zwei Tofuburger. Papa aß gar nichts.

Endlich zu Hause, machte ich den Brief auf. Ich habe ihn heimlich in Papas Büro kopiert, damit du auch was davon hast:

Liebe Fanny,

du wunderst dich bestimmt darüber, einen Brief von mir zu bekommen. Weil du sicher denkst, dass ich mich gar nicht für dich interessiere. In Wirklichkeit aber bist du mir schon am ersten Tag auf dem Gymnasium total aufgefallen. Du hast so schöne braune Augen. Und dazu passend so schöne braune Haare mit tollen Locken. Du erinnerst mich irgendwie an Julia Roberts. Von mir denken immer alle, ich wäre so cool, aber in Wirklichkeit bin ich sehr schüchtern. Deshalb tue ich bei Mädchen, die ich nett finde, immer so, als fände ich sie doof. Gestern konnte ich gar nicht einschlafen, weil ich immer nur dein Gesicht vor mir gesehen habe. Sogar deine Zahnspange finde ich total süß. Es blinkt so aus deinem Mund, wenn du lachst, und das sieht so fröhlich aus. Ach Fanny, wenn ich an dich denke, dann denke ich an den Mond und die Sterne und an einen klaren Bergsee, in dem sich alles spiegelt, der Mond und die Sterne. Bitte, bitte, zeig diesen Brief keinem aus der Klasse, ich wäre sonst unten durch, er muss ein Geheimnis bleiben.

Kreuze bitte an und gib mir den Zettel unauffällig so bald wie möglich zurück:

\- -

(hier bitte abtrennen)

ja, ich will mit dir gehen *nein, ich will nicht mit dir gehen*

\- -

dein immer an dich denkender Johnny

Na, Pepsi, jetzt bist du platt, was? Ich auch. Der Brief passt überhaupt nicht zu Johnny. Er ist immer so cool, und eigentlich wirkt er kein bisschen romantisch. Aber dass ich ihn an Julia Roberts erinnere? Und dass er meine Zahnspange süß findet? Komisch, dass ich nie gemerkt habe, dass er mich gut findet. Ob er sich über mich lustig machen will? Ich werde erst mal abwarten, was in den nächsten Tagen passiert.

Viele Grüße aus Hollywood von

Julia F. Roberts

PS: Schick mir mal ein Foto von deiner Frisur.

PPS: Jetzt habe ich so lange geschrieben, dass ich meinen Zeitplan vergessen habe und nur noch neun Stunden Schlaf habe. Mist!

PPPS: Deine Ausführungen über das Küssen haben mich schockiert. Aber ich bin froh, denn sie kamen zur rechten Zeit.

Winseln, Sonntag, 6. September

Hi, Fanny,

Das ist ja eine seltsame Geschichte mit diesem Johnny. Wo wirst du ankreuzen?

Ich war gestern in der »großen« Stadt Hannover. Papa setzte mich an der Fußgängerzone ab – ich sollte mir ja neue Hosen kaufen. Wir wollten uns zwei Stunden später um zwei Uhr an der gleichen Stelle wieder treffen. Es war ziemlich heiß. Ich lief an den Schaufenstern vorbei und sah bei Hasi und Mausi einen kurzen, roten Rock. Als ich stehen blieb und nach dem Preisschild suchte, hielt mir plötzlich jemand von hinten die Augen zu. Es waren große Hände. Jedenfalls keine Mädchenhände. Irgendwie hatte ich so eine Ahnung. Das Herz rutschte mir in meine weite Hose und unten wieder raus. Ich tastete nach den Händen, dem Kopf und den Haaren, und dann wäre ich am liebsten 24 Stunden so stehen geblieben.

Es war Robert. Robert persönlich stand in der Fußgängerzone vor dem Schaufenster von Hasi und Mausi und hielt mir, Pepsi Schilausky, die Augen zu.

Ich tat so, als hätte ich ihn nicht erkannt, und »riet« dann ein paar andere Jungennamen, Peter, Klaus und Bodo, was aber schon unglaubwürdig war, weil Bodo ja einen Kopf kleiner als Robert ist.

Ach Fanny, ich glaube, ich bin wirklich verliebt. Es fängt oben an den Haarspitzen an und hört unten an den Füßen noch lange nicht auf. Und in den Handflächen hatte ich ein Gefühl, als würden dort kleine Ameisen hin- und herlaufen. Robert sagte, er habe mich wegen der kurzen Haare erst gar nicht erkannt. Ich sähe toll aus, wie Winona Ryder (noch nie gehört). Wir setzten uns an den großen Springbrunnen. Worüber wir geredet haben, weiß ich gar nicht mehr genau. Jedenfalls war das der schönste Tag in diesem Jahr. Mit dem kleinen Schönheitsfehler, dass ich die Hose, die ich kaufen wollte, und den grünen Tee, den Mama immer zum Frühstück trinkt, völlig vergessen habe. Irgendwann sagte Robert, er müsse jetzt leider (!!!) gehen, weil er mit seinen Freunden um drei Uhr am Kino verabredet sei. Er gab mir einen verrutschten Kuss auf den halben Mund und war weg. Ich, noch im siebten Himmel, raste die Einkaufszone runter. Da stand im Halteverbot unser Auto, aus dem kleine Rauchwolken stiegen. Papa kochte vor Wut.

»Bist du völlig verrückt geworden? Ich stehe hier seit einer Stunde und fünf Minuten und mache mir Sorgen. Ich hab mir gerade überlegt, zur Polizei zu gehen!« Aber er konnte seine Erleichterung nicht verbergen. Ich entschuldigte mich und strahlte ihn an: »Ich hab total die Zeit vergessen.«

Was ja nicht gelogen war. Das richtige Donnerwetter kam dann erst zu Hause von Mama, weil ich den grünen Tee nicht mitgebracht hatte. Mammamia! So bald schickt die mich nicht wieder alleine Hosen kaufen. Schreibst du schnell zurück, wo du in Johnnys Brief das Kreuz machen wirst?

Deine vor Neugier platzende PEPSI

PS: PENG!!!!!!!!!!!!!!!!

PPS: Wie komme ich an eine neue Hose??? Und noch viel wichtiger, wie komme ich an Robert?

Köln, Dienstag, 8. September

Hallo, Pepsi,

wo ich ankreuzen werde? Nirgendwo. Johnnys Brief liegt in meiner Schreibtischschublade. Ich habe ihn noch 1000-mal gelesen. Heute ist Dienstag, und wir haben seit gestern Projektwoche. Ich konnte mich nicht entscheiden, ob ich lieber beim Meditationskurs (»Das kleine Licht in mir«) mitmachen sollte oder bei »Film ab! Ein Videoprojekt«. Erst war ich bei Meditieren, weil ich dachte, das täte mir jetzt gut. Unsere Sportlehrerin hatte in der Essensausgabe (ein anderer Raum war nicht mehr frei) den Boden mit Gymnastikmatten ausgelegt und einen alten Kassettenrecorder mit Meeresrauschen angestellt. Mit leiser Stimme forderte sie alle auf, sich mit dem Gesicht zur Wand zu setzen, im Lotussitz. Dann gab sie einen tiefen langen Brummton von sich, wie ein Maikäfer, »zur Befreiung des Atems«. Da haute ich kurz entschlossen ab. Rüber zu meiner Lieblingslehrerin Schmitt-Holz in den Pavillon, wo die Besprechung für das Videoprojekt schon seit einer halben Stunde im Gange war. Ich riss die Tür auf und sah, dass fast nur Jungs im Raum waren, die meisten aus den Parallelklassen. Sollte ich vielleicht doch lieber zurück und meditieren? In dem Moment rief Schmitt-Holz:

»Na, da ist ja unsere Julia. Dich schickt der Himmel!«

Ich hab vielleicht eine rote Birne gekriegt, woher weiß die von dem Brief? »Wieso Julia? Ich heiße Fanny.«

»Ja, das weiß ich doch. Wir haben eben beschlossen, einen ›Romeo und Julia‹-Film zu drehen. Leider hat sich bis jetzt noch kein Mädchen für die Hauptrolle gemeldet. Den Romeo spielt übrigens Johnny.«

Waaaaas? Den hatte ich noch gar nicht gesehen! Aus der hintersten Ecke, lässig auf seinem Stuhl wippend, Kaugummi kauend, grinste mich Johnny an. Am liebsten hätte ich mich sofort in Luft aufgelöst.

»Ach, ich weiß nicht, ich kann das doch gar nicht. Ich kann keine Texte auswendig lernen«, sagte ich.

»Lüge, Lüge, Fanny, wer hat denn im letzten Jahr bei der Schuljubiläumsfeier ein 20-Strophen-Gedicht aufgesagt?«, rief mir Bastiane zu, die irgendwie aus dem Nichts auftauchte, neben Johnny. Sie wippte im gleichen Rhythmus wie er auf ihrem Stuhl. Ich hätte sie erwürgen können.

»Wieso spielst *du* denn nicht die Julia?«

»Nö, keinen Bock. Ich führ lieber Regie.« Im selben Moment kippte ihr Stuhl hintenüber und sie legte sich volle Kanne hin. Alle klatschten. Dreißig normalerweise nicht an mir interessierte Jungen und die wenigen Mädchen schrien:

»Bitte, bitte, bitte, sei unsere Julia!«

Ich musste Ja sagen.

»Aber keine Kuss-Szene!!!«, brüllte Johnny dazwischen. Schmitt-Holz strahlte mich an und meinte, es gebe auch Filmküsse, die nur so aussähen, als würde man sich küssen. Das sei das geringste Problem. Vom Küssen scheint sie etwas zu verstehen. Den Rest der Besprechung nahm ich nur noch im Nebel wahr. Irgendwie ist mir das alles zu viel. Liebesbriefe kriegen, Kreuze machen und jetzt noch Romeo und Julia. Vor zehn Tagen war mein Leben noch so übersichtlich. Jetzt bekomme ich noch nicht mal mehr meine 9,5 Stunden Schlaf, weil ich so viel zu tun habe.

Und bei dir laufen Ameisen auf der Hand rum? So ist also Verliebtsein? Dann bin ich ganz klar *nicht* verliebt. Das beruhigt mich ein bisschen.

Außerdem fühle ich mich mit meinen 12 Jahren zu jung für eine feste Beziehung. Das sagt Oma Nierchen auch immer.

»Kind«, sagt sie, »warte du mit einem festen Freund, bis du mindestens zwanzig bist. Dann hast du mehr vom Leben. Wenn du einmal so einen Kerl am Hals hast, hört der Spaß auf. Als ich deinen Opa kennen lernte, ja, das war zwar Liebe auf den ersten Blick, aber dann kamen nur noch der Haushalt und die Kinder.«

Unsere gute alte Oma Nierchen, ich gehe jetzt samstags manchmal mit ihr Schwimmen.

Wenn du dir sicher bist, dass du verliebt bist, warum gibst du Robert nicht so einen Brief, wo er ankreuzen kann? Dann weißt du wenigstens, was los ist.

Mein lieber süßer Papa Hartmut hat mir für heute Abend mein Lieblingsessen versprochen: Gemüseburger mit Tofufrikadellen. Und zum Nachtisch Obstsalat. Er meinte, ich sähe so blass aus.

»Das ist bestimmt der Vitaminmangel.«

»Wieso Vitaminmangel? Willst du damit sagen, dass ich nicht gut genug koche?«

Darauf ging ich nicht weiter ein.

Jetzt renne ich schnell zur Post, bevor sie zumacht, damit du morgen meinen Brief hast. Danach habe ich noch 45 Minuten bis zum Abendessen. Soll ich da in meinem Zimmer Staub wischen oder meinen Text lernen?

Ein düsterer Frieden dämmert diesen Morgen,
die Sonne birgt vor Kummer ihr Gesicht,
nun geht, besprecht das Unglück,
manch einer wird bestraft, manch einer nicht.
Weil nie so etwas Trauriges geschah, wie die Geschichte
von Romeo und Julia.

Und aufräumen muss ich auch noch!!!

Gruß und Kuss von Fanny Popanny

PS: Berichte popichte
genau von der Geschichte
von Robert und Penelope
zwei Herzen rot in weißem Schnee

PPS: Ich verstehe nicht, wie man vergessen kann, sich eine neue Hose zu kaufen, wenn man so weit dafür gefahren ist. Das könnte mir nicht passieren. Niemals!

Winseln, Mittwoch, 9. September

Liebe Fanny,

an Oma Nierchen können wir uns kein Beispiel nehmen. Die war ja voll die Rakete: mit 17 Jahren das erste Kind, Senkrechtstart in die Windelgalaxis. Kann uns sowas passieren? Nein!

Man kann übrigens miteinander gehen, ohne sich anzufassen. So war es mit meinem ersten Freund Toby. Wir sind einfach ein paarmal die Dorfstraße hoch- und runtergegangen. Da wussten alle meine Freundinnen: die Pepsi geht mit dem Toby. Und das war's.

(Die Seepferdchen machen's übrigens wie Oma Nierchen. Sie verbringen ihr ganzes Leben mit ein und demselben Seepferd, hat mir mal Oma Nierchen selbst erzählt. Ich wäre schon froh, wenn ich nur mal einen Abend mit Robert zusammen sein könnte.)

Gestern habe ich mich mit allen zerstritten: mit Mama, Heini und mit Miss Meisel, meiner Englischlehrerin, die mich wegen Zuspätkommens ins Klassenbuch eingetragen hat (das ist jetzt schon mein zehnter Eintrag). Ich antwortete ihr mit den Spice Girls: *Thank you very much, I need somebody with a human touch.*

Hat sie natürlich nicht verstanden. Dabei war es Heinis Schuld, dass wir morgens den Bus verpasst haben. Seine Haare lagen nicht richtig!!!

Mama ist immer noch sauer, dass ich in Hannover vergessen habe, ihren grünen Tee zu kaufen. Ich musste zur Strafe Gemüsekisten packen, und Heini gleich mit. Du kennst doch den Ökobauern bei uns zwei Misthaufen weiter. Dort arbeitet Mama jetzt. Sie hilft ihm, die Ökofresser in der Stadt mit frischem Gemüse zu beliefern. Weil jemand ausgefallen ist, mussten wir ran (wurde als Erziehungsmaßnahme getarnt). Kannst du dir das vorstellen, über hundert Kisten! Am Anfang hat es noch Spaß gemacht, aber nach der fünften Kiste wurde es richtig Arbeit. Heini und ich wollten abhauen. Aber Mama, ganz cool, stellte uns vor die Alternative: am Wochenende keine Party oder Kistenpacken (klarer Fall von Erpressung). Also packten wir weiter.

Heute Nacht wurde ich im Traum von einer Horde Salatköpfen verfolgt, sie wollten mich zu Soße machen. Ich raste wie eine Irre über Wiesen und Zäune. Robert, Heini und Mimi saßen auf einem Hochsitz und verfolgten mitleidslos das Rennen. Die gierigen Salatköpfe dicht auf den Fersen, tat sich vor mir plötzlich ein See mit matschigen Pfirsichen auf. Ich trat hinein und versank bis über die Knie in Obstbrei. Als ich versuchte, um Hilfe zu schreien, kriegte ich kein Wort raus. Heini, Robert und Mimi saßen immer noch auf dem Hochsitz und guckten inzwischen ein Video. Ich schrie und schrie, aber sie hörten mich nicht. Nur Mimi winkte mir zu. Der Pfirsichsumpf stand mir schon bis zur Nase. Ich bekam keine Luft mehr. Und dann tauchte ich unter in den Brei. Tief, immer tiefer. Und auf einmal konnte ich atmen. Eine schöne warme Masse umgab mich. Das war meine Bettdecke. Leider konnte ich nicht länger in meinem Breibett liegen bleiben.

»Aufstehen!«, rief jemand in mein Ohr. Ich schlug die Augen auf. Da stand eine große Möhre in einem orangenen Bademantel. Mama. Was dann kam, ahnst du ja schon: Krach und Ärger, Ödnis und Leere.

Ach Fanny, schreib mir bald in den finstren Wald.

Pepsi

PS: Du bist bestimmt eine affengeile Julia. Kann ich nicht auch noch mitmachen?

PPS: Robert war heute nicht in der Schule. Vielleicht ist er ja krank. Hat Tuberkulose oder einen Blinddarmdurchbruch oder Malaria. Soll ich mal bei ihm anrufen? Das mit dem Ankreuzen hab ich früher auch gemacht. Zweimal »nein« und einmal »ja«. Das »ja« mit Toby hat drei Tage gehalten. Ich finde diese Methode nicht besonders aufschlussreich.

Köln, Donnerstag, 10. September

Liebe Pepsi,

ein komischer Traum. Ich träume nie. Außer einen Tag vor Weihnachten, dann träume ich jedes Jahr, ich steh vor dem Tannenbaum und es liegt kein einziges Geschenk für mich drunter. Johnnys Brief kommt mir manchmal auch wie geträumt vor: *Wenn ich an dich denke, dann denke ich an den Mond und die Sterne und an einen klaren Bergsee, in dem sich alles spiegelt, der Mond und die Sterne …*

Ha, ha. Irgendwie versteh ich das alles nicht. Dass der Johnny, der mir den Brief geschrieben hat, und der Johnny, mit dem ich jetzt Liebesszenen spiele, ein und derselbe Junge sein soll. Der Johnny, mit dem ich Liebesszenen spiele, windet sich wie ein Regenwurm, wenn er mich umarmen soll. Okay, so toll finde ich das auch nicht. Aber wenn man Schauspieler werden will – und das will er unbedingt, sagt er –, gehört es nun mal dazu, jemanden zu umarmen. Und wenn es sich dabei auch noch um das Mädchen handelt, mit dem er gehen will, kann das doch nicht so schwer sein! In seinem Brief hat er ja geschrieben, dass er zu Mädchen, die er nett findet, immer total doof ist. Wenn das stimmt, dann muss er wirklich unsterblich in mich verliebt sein.

Ich überlege, ob ich Bastiane den Brief zeigen soll. Aber vielleicht wird sie dann eifersüchtig. Sie ist ja die Regisseurin. Vielleicht will sie ihren Hauptdarsteller für sich alleine haben.

Wir drehen im Moment die Szene, in der sich Romeo und Julia ewige Liebe schwören. Gestern probten wir auf dem Schulhof. Bastiane, ganz Regisseurin, machte mir vor, wie ich Johnny umarmen soll. Als wenn ich nicht selber wüsste, wie man jemanden umarmt. Dann war ich dran. Johnnys Text als Romeo war: *Ich schwöre, Fräulein, bei dem heil'gen Mond, der silbern dieser Bäume Wipfel säumt …*

Er legte unbeholfen seine Arme um mich und sagte: *»Ich schwöre, Fräulein, bei dem feigen Mond, der silbern diese Kipferl schäumt …«*

»Aus!«, brüllte Bastiane. »Noch mal! Alles auf Anfang!«

»Ich höre, das Fräulein wohnt, wo silbern dieser Zipfel träumt.«

»Ihr träumenden Zipfel, macht mal Schluss für heute. Ich muss das Tor abschließen«, rief der Hausmeister und rasselte mit dem Schlüsselbund.

Ich lachte mich kaputt, Bastiane war sauer. Wir haben nur noch drei Tage, und Bastiane nimmt ihren Job todernst.

Heute Nachmittag war ich mit Mama in der Stadt. Ich wollte mir Turnschuhe kaufen. Und sie sollte mitkommen, weil sie so gut im Finden ist. 80 % der Sachen, die sie findet, sind zwar unmöglich, aber die restlichen 20 % sind okay. In einem winzigen Laden habe ich dann die schönsten Turnschuhe meines Lebens gesehen und bekommen! Hellblau mit roten Streifen. Die zieh ich gleich morgen in der Sterbeszene an, dem tragischen Ende von »Romeo und Julia«. Romeo denkt, Julia liegt tot in der Gruft. In Wirklichkeit schläft sie aber nur. Romeo ist so unglücklich über ihren Tod, dass er ein tödliches Gift nimmt und neben der schlafenden Julia stirbt. Julia wacht auf und sieht den toten Romeo. Aus Verzweiflung ersticht sie sich mit einem Dolch. Da hat sich dieser Shakespeare einen ganz schön komplizierten Schluss ausgedacht.

Ich habe mir in den letzten Tagen den Kopf zerbrochen, ob ich mit Johnny gehen will oder nicht. Wenn du sagst, dass man dabei nicht küssen muss, dann probier ich das mal aus. Ich habe auch schon eine Idee, wie ich es ihm sage. Morgen in der Sterbeszene werde ich ihn überraschen. Mal sehen, wie er reagiert. Am Schluss der Szene muss Johnny zu mir sagen: *O wackrer Apotheker! Dein Trank wirkt schnell. – Und so im Kusse sterb ich!*

Danach wird die Kamera ausgestellt, das Licht umgebaut, und die anderen sind beschäftigt. Dann werde ich ihm leise zuflüstern, ohne dass die anderen es mitbekommen: »Ich will mit dir gehen.«

Und dann muss er etwas antworten.

Wie immer deine Julia Populia

PS: *O Gott! Ich hab ein Unglück ahnend Herz.*

PPS: Sag meiner Tante Doro, dass ich sie anzeigen werde. Wegen Kinderarbeit.

Winseln, Freitag, 11. September

Liebe Julia Populia,

ich will nicht schuld sein, wenn dein Plan schief geht und du dann doch geküsst wirst. Aber du bist ja gar nicht verliebt, hast du geschrieben. Dann macht Küssen nicht so viel Spaß. Hast du darüber auch nachgedacht? Schreib mir schnell, wie alles ausgegangen ist. Hoffentlich nicht tödlich, wie im Theaterstück. Vielleicht ist das auch einfach zu kompliziert für mich Landei. Bevor Mama mich zum Mittagessen ruft, muss ich dir noch schnell was von gestern erzählen:

Weil wir heute schulfrei haben, gab es in Winseln gestern Abend gleich zwei Partys. Eine bei Bodo und eine in der alten Molkerei. Mama sagte, Heini soll mich mitnehmen, weil ich mit meinen 14 Jahren abends nicht allein unterwegs sein dürfe. Als ob ich mich nicht selbst verteidigen könnte. Sogar mit zwei Gipsbeinen kann ich das noch besser als Heini. Der machte auch gleich wieder ein Riesentheater:

»Immer muss ich auf meine kleine Schwester aufpassen. Bin ich etwa als Bodyguard auf die Welt gekommen? Ich will mich auch mal frei entfalten.«

Wer will das nicht in dieser Familie von Mega-Egos? Ich war natürlich beleidigt. Aber ich hoffte, auf dem Fest von Heinis Clique in der Molkerei Robert zu treffen. Also zog ich meinen hellgrauen Pullover und die dunkelgraue Hose an, Marke »Graue Maus«. Damit ich nicht so aussah, als wolle ich auffallen. Dazu die Schuhe mit

Blockabsatz, die mich mindestens zwei Jahre älter machen. Ich hatte auch meinen BH mit den Schalen an, den mir Traube vererbt hat, wahrscheinlich aus Mitleid. Weil Mama noch keine Zeit hatte, mit mir einen zu kaufen. Heinis Freund Sascha, der uns abholte, schaute an mir runter und sagte: »Kuck mal, Heini, deine Schwester hat ja plötzlich einen Busen. Letzte Woche war der noch nicht da.«

Beim nächsten Mal knalle ich ihm eine. Wir stiegen auf die Räder und landeten auf Bodos Party, nicht in der Molkerei. Irgendwie kam mir das komisch vor. Es war nicht viel los, alle saßen auf dem Boden und quatschten, die Jungs in der linken Ecke, die Mädchen in der rechten. Bodo quietschte auf seinem Saxophon herum. Ich ging in die Küche, um mir was zu trinken zu besorgen. Als ich zurückkam, waren Heini und Sascha verschwunden. Sie hatten mich einfach bei Bodo geparkt, um allein auf ihre Party zu gehen. Ich war stinksauer. Bodo fragte, was denn los sei. Aber wie sollte ich ihm das erklären? Charlie und Traube saßen in einer Ecke und rauchten. Und ich hatte Tränen in den Augen. Aber nicht vom Qualm.

»Das ist die erste Zigarette unseres Lebens«, sagte Charlie stolz. Traube sah salatgrün aus. Höchste Zeit, dass sie an die frische Luft kam. Das brachte mich auf eine Idee, wie ich doch noch auf die richtige Party kommen könnte. Charlie zu irgendwas zu überreden, ist leicht, denn ihr ist immer alles egal. Traube ist normalerweise zu nichts zu gebrauchen, was nicht auf ihrem Mist gewachsen ist. Aber nach dem Zigarettenexperiment war sie willenlos. Wir zogen unsere Jacken an und wollten gerade unauffällig verschwinden, da rief Bodo traurig: »Pepsi, bleib doch noch ein bisschen!«

»Wir kommen gleich wieder!«, tröstete ich ihn.

Im Treppenhaus kotzte Traube in einen Kinderwagen.

»Nichts wie weg hier«, sagte ich und zerrte Traube aus dem Haus. Ich schlug einen kleinen Spaziergang in Richtung Winseln-Zentrum vor. Es regnete, und wir sangen: *My loneliness is killing me ...* Traube ging es langsam besser.

»Ich glaube, Bodo ist in dich verliebt«, sagte sie.

»So ein Quatsch. Und wenn schon, was soll ich mit so einem kleinen Jungen?«

Über uns braute sich ein Gewitter zusammen.

Wir waren richtig gut in Fahrt, als wir (zufällig!) an der Molkerei vorbeikamen (unser Jugendzentrum, in dem normalerweise der Heimatverein tagt). Dort hämmerten schon die Bässe gegen die geschlossenen Fensterscheiben, und unten beim Eingang saß längst keiner mehr. Wir also hoch. Drinnen war es wie immer dunkel, heiß und laut. Gerade wurde der Song gespielt, den wir auf der Straße gesungen hatten. Alle tanzten. Sogar die Jungs, die sonst wie angekettet am Rand stehen. Lauter bekannte Gesichter. Liane stand in der Mitte der Tanzfläche und ließ ihren berühmten Pferdeschwanz rotieren. Nur Robert sah ich nirgends. Heini stolperte auf der Tanzfläche fast über mich, er bewegte sich wie John Travolta. So habe ich ihn noch nie gesehen. Er starrte mich entgeistert an und zischte: »Alte Klette.«

Traube, Charlie und ich tanzten und tanzten und tanzten. Dann sah ich Robert. Er saß auf der Bühne hinter zwei Plattentellern und machte den DJ. Meine Knie wurden weich, so weich, dass ich mich gar nicht mehr auf den Beinen halten konnte. Deshalb setzte ich mich auf den Bühnenrand, mit dem Rücken zu ihm, und schaute den tanzenden Leuten zu. Ich musste mich erst mal beruhigen. Und plötzlich, als ein Stück anfing, plumpste Robert neben mich und sagte:

»Hi, Pepsi. Hat dir einer 'nen Eimer Wasser über den Kopf geschüttet, oder warum bist du so nass?«

Er nahm seinen Schal und rubbelte mir über den Kopf. Bevor ich was sagen konnte, war er schon wieder zurück bei seinen Platten. Ich saß da mit seinem Schal in der Hand. Und jetzt habe ich einen SCHAL von ihm! Während ich nämlich noch ganz entrückt meine Nase in die weiche Wolle steckte, kam Heini zu mir und sagte, unten auf der Straße warte Mama im Auto. Sie wolle nicht, dass wir bei dem Unwetter mit den Rädern nach Hause kämen. Außerdem sei es fast Mitternacht. Das stelle man sich mal vor, da holt einen die eigene Mutter im Schlafanzug mit dem Auto von einer Party ab. Peinlich, peinlich. Ich ließ mich widerstandslos von Heini abführen, weil ich Angst hatte, sie kommt vielleicht noch rein.

Mittagessen. Heute gibt es Schlammkuchen (Roquefort-Birnen-Quiche), hat die Farbe von grünen Popeln. Schmeckt auch so.

Schreib bald, deine Penelope

PS: Du kannst dir nicht vorstellen, wie gut Roberts Schal riecht, ich habe heute Nacht darauf geschlafen.

Köln, Sonntag, 13. September

Pepsi!

Ich schäme mich so! Das überlebe ich nicht. Ich hasse Shakespeare! Ich hasse Frau Schmitt-Holz! Sie ist schuld, dass ich die Julia spiele! Wie bin ich in diesen Schlamassel nur reingeraten? Wie konnte ausgerechnet mir so etwas passieren?

Am besten erzähle ich es dir von Anfang an:

Freitag bauten wir im Geräteraum der Turnhalle die Gruft auf, in der Julia nach ihrem Tod aufgebahrt wird (in Wirklichkeit ist es ja nur ein tiefer Schlaf). Dort ist es schön dunkel und unübersichtlich. Aus einem Stapel Gymnastikmatten wurde das Totenbett von Julia. Dort lag ich wie die Prinzessin auf der Erbse, hingegossen in Oma Nierchens altem Hochzeitskleid. Ein paar alte, staubige Stoffrosen krönten mein Haar. Ich sah eher aus wie Dornröschen. Ich lag also da und spielte tot. Johnny war die ganze Zeit total albern. Eine Regieanweisung von Bastiane war, dass er mir den Puls fühlen sollte. Dabei riss er mir fast den Arm ab. Dann klappte er mein Augenlid hoch.

Ich wollte schon sagen: »Lass den Scheiß!«

Aber das durfte ich als Tote nicht. Er unterdrückte ein Lachen, nahm das Gift aus der Hosentasche und schrie in mein Ohr: *»O wackrer Apotheker! Dein Trank wirkt schnell. Und so im Kusse sterb ich!«*

Anstatt mich zu küssen, küsste er das Kopfkissen. War mir auch lieber so. Bastiane rief »Aus!« und stellte die Kamera ab.

Jetzt oder nie, dachte ich und flüsterte Johnny ins Ohr: »Ich will mit dir gehen.«

Johnny starrte mich an. »Was?«

»Ja, ich will mit dir gehen«, wiederholte ich tapfer.

»Da hast du aber den falschen Text gelernt. Erstens bist du tot, und zweitens ist das doch kein Satz von Shakespeare, oder?«

Was soll man zu so viel Blödheit sagen. Wieso kapiert er das denn nicht?, dachte ich.

»Das ist kein Satz von Shakespeare, sondern von Fanny Niere, eine Antwort auf deinen Brief. Du hast mich doch gefragt, ob ich mit dir gehen will.«

Johnny starrte mich an. Er lag halb auf mir drauf, den Kopf mittlerweile auf das Kopfkissen neben mir gebettet.

»Wovon redest du, was für ein Brief?«

»Aber du hast mir doch geschrieben, dass ich wie ein Bergsee bin, und dass meine Zahnspange so schön blinkt«, wisperte ich.

»Dass deine Zahnspange so schön blinkt?«, schrie er.

»Psst, nicht so laut, das müssen doch nicht alle hören.«

»Eins, zwei, drei, was seh ich da, ein verliebtes Ehepaar!«, rief Bastiane. »Könnt ihr eure Knutscherei vielleicht woanders fortsetzen? Für den Film ist sie nicht mehr nötig. Wir müssen jetzt schnell aufräumen, gleich kommt die Bodenturn-AG! Wir müssen die Selbstmordszene von Julia beim nächsten Mal drehen.«

Johnny und ich rappelten uns schnell auf und verzogen uns. Ich in die Mädchenumkleide, Johnny in die für Jungen. Als ich mich umgezogen hatte, wartete ich im Flur auf ihn, aber er kam einfach nicht aus der Umkleide raus. Also packte ich das Hochzeitskleid unter den Arm und schlich zur Bahnhaltestelle. Dort traf ich Bastiane.

Wir gingen zusammen ein Eis essen, und ich erzählte ihr die Geschichte mit dem Brief.

Sie konnte es nicht glauben und bestellte noch ein Eis. Leider hatte sie kein Geld dabei, und ich musste alles zahlen. Sie brachte mich noch nach Hause und tröstete mich: »Wahrscheinlich hat Johnny den Brief gar nicht geschrieben. Mir fällt schon noch was ein, wie wir das rauskriegen.«

Heute gehe ich eine Stunde früher als sonst ins Bett, ich habe einfach mal das Aufräumen ausfallen lassen, weil ich mich so elend fühle.

Weh, weh mir, dass der Himmel solche Tücken
An einem sanften Wesen übt, wie ich

Fanny

PS: Ich kann morgen nicht in die Schule gehen. Und übermorgen auch nicht. Und überübermorgen auch nicht.

Winseln, Dienstag, 15. September

Hi, Fanny,

das ist ja eine entsetzliche Lage, in der du dich befindest.

Weißt du, das Leben bietet einem immer wieder eine neue Chance, sich zu blamieren. Ich zum Beispiel habe mich heute auf dem Schulhof in der großen Pause von Charlie und Traube überreden lassen, mich mit ihnen zusammen für die Rockwerkstatt anzumelden. »Ein Förderangebot für Mädchen« – von unserer neuen Musik-Referendarin Frau Siel (sie spielt Fagott und Fußball). Deshalb gehe ich gleich los, weil ich zu Traube in den Keller muss. Da hat sie sich einen Proberaum eingerichtet mit allem, was man braucht. Traube und ich wollen heimlich üben, sie Schlagzeug und ich E-Bass (weil das ein cooles Instrument ist, meint Traube).

Schreib mir, wann du wieder in die Schule gehst.

Sister Pepsi

PS: Bodo war heute in der Schule total zerknirscht. Der voll gekotzte Kinderwagen gehörte seiner kleinen Schwester. Seine Mutter ist jetzt so sauer, dass er nie wieder eine Party feiern darf. Er tat mir ein bisschen Leid.

Köln, Mittwoch, 16. September

Hallo, Pepsi,

morgen gehe ich wieder in die Schule, vielleicht.

Ich war jetzt drei Tage zu Hause im Bett. Ich habe gesagt, ich hätte Bauchschmerzen (was stimmt) und mir wäre schlecht (was auch stimmt). Papa hat gesagt, wenn ich morgen immer noch Bauchschmerzen habe, soll ich zum Arzt gehen.

Gestern hat mich Bastiane besucht.

»Warum warst du nicht in der Schule? Wir mussten unseren letzten Drehtermin deinetwegen verschieben. Du weißt, die letzte Szene fehlt noch. Du musst dir den Dolch ins Herz stoßen.«

»Hab ich schon versucht. Aber es pikst. Ich kann nie wieder in die Schule gehen«, jammerte ich. »Ich hab mich so bei Johnny blamiert.«

»Zeig mir mal den Brief.«

Nachdem sie ihn gelesen hatte, sagte sie:

»Ich habe einen Verdacht. Schau dir mal das Briefpapier an. Hier in der Ecke ist doch eine Minnie-Maus. Johnny hätte niemals so ein Briefpapier benutzt. Das sieht mir eindeutig nach Mädchenbriefpapier aus. Und die Handschrift kann auch nicht von einem Jungen sein.« Ich schaute mir den Brief noch einmal genau an. Tatsächlich, das war mir noch gar nicht aufgefallen. 1000-mal hatte ich den Brief gelesen und nicht gesehen, dass unten rechts in der Ecke eine Minnie-Maus aufgedruckt war. Und auf die Schrift hatte ich gar nicht geachtet.

»Klarer Fall«, meinte Bastiane, »das waren Sabrina &

Co. Sabrina war natürlich sauer auf dich, weil du die Klassensprecherwahl gewonnen hast. Vermutlich haben sie den Brief am gleichen Tag geschrieben und dir in der Pause heimlich ins Mathebuch gelegt. So muss es gewesen sein. Komisch ist nur, dass sie mich mit ihrer Rache verschont haben. Wahrscheinlich haben sie Angst vor mir.«

»Warum habe ich dir den Brief nicht direkt gezeigt? Was soll ich jetzt bloß machen? Ich habe mich bis auf die Knochen blamiert. Ich will Johnny nie wieder in meinem Leben begegnen. Ich muss die Schule wechseln. Umziehen. Auswandern. Sitzen bleiben, obwohl das schwer wird mit meinen Noten. Auf jeden Fall kann ich nicht mehr die Julia spielen«, heulte ich hemmungslos.

»Jetzt mal halblang. Eins steht fest: du drehst morgen auf jeden Fall die letzte Szene. Und wenn ich dich an den Haaren in die Schule schleife. Du kannst doch wegen so ein paar rattiger Mädchen und eines Briefs nicht unseren Film aufs Spiel setzen. Sitzenbleiben kannst du von mir aus danach. Wir gehen morgen zu Johnny. Und dann erklären wir ihm alles und zeigen ihm den Brief. Wir machen ihn zu unserem Verbündeten. Und dann rächen wir uns an den blöden Zimtzicken. Er lacht sich bestimmt tot über den Brief. Und du brauchst dich gar nicht zu schämen. Jedes Mädchen hätte den Brief für echt gehalten. Na ja, fast jedes«, lachte Bastiane. Sie spielte mit meiner Radiergummisammlung und brachte alles durcheinander.

Ich zog die Bettdecke über den Kopf und stellte mich tot. Ich geh nicht mit zu Johnny, dachte ich. Dann fiel mir ein, dass Papa mich morgen entweder zum Arzt oder in die Schule schicken würde. Mir fiel nichts Besseres ein, als auf Bastianes Vorschlag einzugehen. Immerhin würde ich Bastiane an meiner Seite haben. Wenn Bastiane sich was in den Kopf gesetzt hat, kann man sie nicht aufhalten. Ich versprach ihr hoch und heilig, mit Johnny zu reden und den Film zu Ende zu drehen. Gott sei Dank ist Romeo schon tot, keine Liebeszene mehr. Ich muss mir nur den Dolch ins Herz stoßen, um Romeo in den Tod zu folgen. Das werde ich in meinem verzweifelten Zustand ganz leicht spielen. Aber den Brief zeige ich Johnny nicht. Nur über meine Leiche.

Und wohnt kein Mitleid droben in den Wolken, das in die Tiefe meines Jammers schaut?

Deine am Boden zerstörte Fanny

Winseln, Donnerstag, 17. September

Liebe Fanny,

schlimmer kann es gar nicht kommen. Es kann nur noch besser werden. Schade, dass ich nicht mit der Tarnkappe dabei sein kann, wenn du mit Bastiane vor Johnnys Haustür stehst.

Ich habe gerade mit Traube ihren Kleiderschrank durchwühlt, auf der Suche nach passenden Klamotten für unser erstes Rockwerkstatt-Treffen, das gleich um fünf Uhr anfängt. Was muss ein Popstar anziehen?

Ich hab leider nichts gefunden, weil ich Mimi dabeihatte, die mit der Porzellansammlung von Traubes Mutter Café spielen wollte. (Mama ist bei einem Yoga-Kurs.)

Mein bauchfreies Top von der Schulparty muss wohl wieder herhalten. Charlie hat's gut. Der ist es völlig egal, was sie anhat.

Jetzt muss ich vor dem Spiegel noch ein bisschen Luftgitarre spielen. (So, wie Heini es immer macht. Die Luftgitarre beherrscht er wirklich großartig. Im Gegensatz zu mir wird er es allerdings nie zu einem richtigen Instrument bringen.) Mimi hab ich aus unseren Kochtöpfen ein Schlagzeug aufgebaut. Die ist erst mal beschäftigt. Hoffentlich kommt Mama pünktlich vom Yoga wieder, ich muss gleich los.

Bye-bye Pepsy

PS: Robert hat mich heute in der Pause angelächelt.

Köln, Freitag, 18. September

Liebe Pepsi,

ich glaube, ich habe alles wieder im Griff. Gestern war letzter Drehtag in der Schule. Und natürlich der Tag, an dem ich Johnny das erste Mal wieder begegnen musste.

Wir hatten erst um zehn Schule. Um halb neun holte Bastiane mich bei Papa im Buchladen ab, um mich zu Johnny zu schleifen.

»Heute komme ich später nach Hause, wir müssen nach der Schule noch eine letzte Szene fürs Videoprojekt drehen. Julias Selbstmord«, verabschiedete ich mich von Papa.

»Sei aber pünktlich zum Essen wieder da. Es gibt die gewünschten Tofuburger. Vielleicht kommt auch noch eine Freundin dazu.«

»Wer denn?«, fragte ich.

»Wirst du schon sehen, eine alte Bekannte, kennst du auch ziemlich gut«, sagte Papa geheimnisvoll.

Mir fielen alle »guten Bekannten« ein, die unsere Küche schon gesehen hatte. Aber Bastiane zog mich aus der Tür. Johnny wohnt nicht sehr weit weg von der Buchhandlung. Als wir bei ihm klingelten, öffnete uns eine Frau mit einem Baby im Arm.

»Guten Morgen, ist Johnny schon wach?«, fragte Bastiane mutig.

»Kommt rein, Johannes und ich sind gerade beim Kuchenbacken.«

Bastiane und ich schauten uns an. Wir wussten gar nicht, dass Johnny Johannes heißt.

Wir gingen hinter Johnnys Mutter her und blieben in der Küchentür stehen. Johnny stand am Küchentisch. Er trug eine Schürze und verzierte mit großer Konzentration einen Kuchen mit Gummibärchen. Die ganze Küche war voller kleiner Kinder. Eins saß im Hochstuhl, eins spritzte an der Spüle mit Wasser, eins stellte Kerzen auf.

»Johannes' Zwillingsbrüder feiern heute Nachmittag ihren zehnten Geburtstag, wir haben alle Hände voll zu tun«, entschuldigte sich Johnnys Mutter.

»Kuchenbacken ist Johannes' große Leidenschaft.«

Gute Voraussetzungen für uns. Schnell schob uns Johnny aus der Küche. Es war ihm nicht ganz recht, dass wir ihn beim Kuchenbacken erwischt hatten. Er ging mit uns in sein Zimmer. Ich wäre am liebsten sofort wieder verschwunden. Aber dazu war es jetzt zu spät. Johnny band sich die Schürze ab und setzte sich aufs Bett.

»Wie viele Geschwister hast du eigentlich?«, fragte ihn Bastiane.

»Sechs.«

»Dann hast du sicher nie Langeweile«, sagte ich.

»Du hast ja keine Ahnung, wie langweilig es ist, auf krabbelnde Hosenscheißer aufzupassen. Ständig sind sie hinter mir her. Ich bin ja der Älteste.«

Ich schaute mich im Zimmer um. An jeder Wand ein Bett.

»Hier sind aber viele Betten drin«, sagte Bastiane.

»Ich teile mir mein Zimmer mit den Zwillingen.«

Unter dem Fenster standen drei kleine Schreibtische.

Wie soll man da in Ruhe Hausaufgaben machen?, dachte ich. Komisch, dass Johnny nie von seinen Geschwistern erzählt hat.

»Was wollt ihr eigentlich hier?«, fragte Johnny ungeduldig.

Bastiane erzählte ihm von dem gefälschten Liebesbrief und von unserer Vermutung, dass er von Sabrina & Co. stammt.

»Dann zeigt mir doch mal den Brief, den ich angeblich geschrieben haben soll.«

»Den hab ich schon weggeschmissen«, log ich.

»Bevor ich den Brief nicht sehe, glaub ich das alles gar nicht. Und überhaupt, wo ist das Problem? Kann ich schon verstehen, wenn sich die Mädchen in mich verlieben«, sagte er und versuchte wieder, den Coolen zu spielen. Allerdings hatte er Teig in den Haaren, das war weniger cool.

»Fanny ist doch gar nicht in dich verliebt. Sie wollte nur wissen, ob der Brief echt ist.«

»Und wieso hat sie zu mir gesagt, sie will mit mir gehen?«, fragte Johnny.

»Einfach so, aus Quatsch«, meinte Bastiane.

»Und was wollt ihr jetzt von mir?«

»Wir wollen es Sabrina & Co. heimzahlen, und du sollst uns dabei helfen.«

Die Tür ging auf, aber niemand kam rein. Dann sahen wir in die Läufe zweier Wasserpistolen. Zwei Monster in Pampers spritzten uns nass. Johnny schob sie wieder raus und lehnte sich mit dem Rücken gegen die Tür. Draußen hörte man die Kleinen schreien »Kuchen backen, Kuchen backen«.

»Gut, ich bin dabei, aber nur wenn ich diesen Brief sehen kann.«

»Vielleicht findest du ihn doch noch im Papierkorb, nicht wahr, Fanny?« Bastiane fixierte mich.

»Hmm, ja, vielleicht, obwohl, ne, ich glaub nicht«, sagte ich und starrte aus dem Fenster, an dem so ein komisches rundes Ding aus Federn und Perlen hing, das Töne machte, als ich es anstupste.

»Was ist das denn?«

»Ein indianischer Traumfänger. Den hat mir meine Mutter zum Geburtstag geschenkt.« Auf einmal fand ich ihn total nett. Kuchenbacken, Zwillingsbrüder, indianischer Traumfänger. Der Brief hätte doch zu ihm gepasst. Wir fuhren dann zu dritt mit der Straßenbahn zur Schule und unterhielten uns ganz höflich. Über das Wetter, Fußball und andere Kleinigkeiten.

Nach dem Unterricht drehten wir noch die allerletzte Szene, in der Julia sich den Dolch ins Herz stößt. Ich glaube, ich war nicht schlecht. Johnny als Romeo musste ja nur tot neben mir liegen. Das machte er gut, wie ein Stück Holz. Der kann wirklich toll 'ne Leiche spielen, besser als einen Verliebten auf jeden Fall. Wir haben uns für Samstagnachmittag verabredet. Stell dir vor, Johnny geht mit Bastiane und mir ins Kino. Und danach wollen wir einen Plan schmieden, wie wir Sabrina & Co. noch ein bisschen ärgern können.

»Entflammte Wut, sei meine Führerin!«

Deine alte Fanny-Tyranny!

PS: Rat mal, wer die alte Bekannte von Papa war? Meine Mama Gaby. Er hat sie zum Essen eingeladen, um mir eine Freude zu machen.

»Seit diesem Videoprojekt bist du ja völlig ausgelaugt. Was machen die denn da mit euch?«, fragte er besorgt.

»Ooch, nur so 'nen blöden Film drehen.« (War ja nicht gelogen.) Mama brachte mich ins Bett, und fast hätte ich ihr alles erzählt. Aber ich will noch ein bisschen warten, sonst gibt sie mir zu viele gute Ratschläge.

»Als ich zwölf war, hatte ich schon einen festen Freund. Ganz harmlos natürlich. Lad diesen Johnny doch mal am Wochenende ein. Wir nehmen ihn mit zum Fußball am Samstag, ich hab zwei Freikarten«, höre ich sie schon im Geiste. Dabei will ich doch gar keinen Freund!

Winseln, Samstag, 19. September

Liebste Fanny,

scheint ja alles wieder in Butter zu sein in Köln. Ich hatte mir schon Sorgen um dich gemacht. Mit den Blindschleichen Sabrina & Co. würde ich kein Wort mehr wechseln, blöde Tussenmafia.

Gestern war unser erstes Rockwerkstatt-Treffen, und stell dir vor, Traube, Charlie und ich waren die einzigen Mädchen, die sich fördern lassen wollen! Frau Siel, unsere Referendarin, war ganz unglücklich. Wir mussten sie trösten und überredeten sie, in unserer Band die E-Gitarre zu übernehmen. Damit sind wir komplett: Charlie am Keyboard (sie ist die Einzige, die ihr Instrument beherrscht), Traube am Schlagzeug (Naturtalent) und ich am E-Bass (blutige Anfängerin). Unser erster Auftritt soll schon in einem Monat in der alten Molkerei sein. Sie feiert ihr fünfjähriges Bestehen als Jugendzentrum. Frau Siel muss dann leider hinterm Vorhang spielen. Sie ist ungefähr zwei Meter groß und fast ebenso breit, hat eine zottelige weißblonde Mähne, eine wagenradgroße Brille, trägt nur Wanderstiefel, Jeans und einen weißen Anorak (unter uns nennen wir sie Yeti). Neben ihr sehen wir aus wie Zwerge. Immerhin schaffte sie es, mir in einer Stunde zwei Griffe beizubringen, mit denen ich, wie sie sagt, ein ganzes Konzert bestehen kann. Traube sieht uns schon Autogramme geben. Deshalb übten wir gestern in der Englisch-Stunde erst mal Unterschriften. Stell dir vor, du hast einen Wahnsinnserfolg, alle kleinen (und großen) Jungs liegen dir zu Füßen, und du schreibst deinen Namen in Schönschreibschrift wie eine Sechsjährige. Ich schob einen Zettel mit P.-Schilausky-Signaturen zu Traube rüber. Miss Meisel ging in der Klasse hin und her. Als Traube den Zettel mit Unterschriften und Namensvorschlägen für die Band an mich zurückgehen lassen wollte, fing Meisel das Blatt ab.

»HEART DOCTORS, OVERDOSEN, TRAUBE SISTERS, PEPSI-PISTOLS, GIRL ZONE!«, las Miss Meisel laut vor. Alle kicherten. Dann drehte sie sich zur Klasse.

»Hört euch das an, wir scheinen hier der Geburtsstunde einer Pop-Gruppe beizuwohnen. Wie ich den Fleiß der zukünftigen Stars einschätze, reicht es höchstens für einen einmaligen Auftritt in der ›Miniplayback-Show‹. Englischbücher raus, Seite 125.«

Unterdrücktes Lachen überall. Alte räudige Kuh!

»HA-HA-HARTDOCTORS«, platzte Bodo unter Tränen heraus, »PEPSI-POPEL-PISTOLS.« Er konnte sich kaum auf seinem Stuhl halten.

»Bodo, du weißt ja: Je lauter die Klasse, desto mehr Hausaufgaben«, schnauzte Meisel.

Das wird ihr noch Leid tun! Jetzt erst recht.

Bussi, Bussi P. Schilausky

PS: Sag mal, welchen Namen du am besten findest. Ich bin für »PEPSI PISTOLS«.

PPS: Viele Grüße von Herrn Wurm. Er sagt, wenn alle so viel Briefe schreiben würden wie wir, müsste er Überstunden machen.

Köln, Montag, 21. September

Hallo, Sister Pepsi,

ich würde eure Band GIRL ZONE nennen. Das klingt irgendwie gefährlich und modern. Darf ich zu eurem Auftritt kommen? Wenn er an einem Wochenende ist, kann ich vielleicht Mama überreden, mit ihrem Sportwagen und mir zu euch nach Winseln zu rasen. Frische Landluft und gutes Essen täten mir gut nach dem ganzen Shakespeare-Theater.

Bastiane, Johnny und ich waren am Samstagnachmittag tatsächlich zusammen im Kino und danach im Eiscafé. Wir mussten Johnny aber schwören, den anderen Jungen in der Klasse nichts davon zu erzählen. Auch nicht das mit dem Kuchenbacken. Beim Eisessen hatte Bastiane mal wieder eine Idee. Wenn unser Film der Klasse gezeigt wird, sollen Johnny und ich vor der Klasse so tun, als wären wir ein Liebespaar. Damit sich Sabrina, Simone und Ina grün und blau ärgern.

»Aber es ist doch noch gar nicht bewiesen, dass sie den Brief geschrieben haben«, meinte Johnny lahm.

»Das ist eine blöde Idee, dann müssen wir ja wochenlang so tun, als ob wir zusammen wären«, sagte ich.

»Du machst einfach am nächsten Tag Schluss mit Johnny, weil du dich in einen andern verliebt hast«, schlug Bastiane vor.

»Und ich stehe als Idiot da und soll womöglich noch Liebeskummer haben? Ohne mich«, brummte Johnny.

»Und ohne mich. Denn alle werden glauben, ich sei liebessüchtig«, protestierte ich.

»Habt ihr eine bessere Idee?«, fragte Bastiane beleidigt.

Hatten wir nicht. Deshalb setzt sich ja Bastiane so leicht mit ihren merkwürdigen Ideen durch. Sie spendierte eine Runde Spaghetti-Eis, die ich am Schluss bezahlte.

Heute also war die Filmvorführung in der Klasse. Johnny und ich setzten uns in die erste Reihe und hielten Händchen. Das war ganz schön schwer. Zwischen unseren Händen wurde es ganz nass, aber wir hielten durch. Ich hörte das Getuschel und Gezischel hinter uns und war stolz. Das musste ein Schock sein für Sabrina & Co. Sie sahen Johnny und mich als Liebespaar auf der Leinwand und gleichzeitig direkt vor ihrer Nase, in echt, noch mal als Liebespaar. Als das Licht anging, war die ganze Klasse erst mal stumm.

»Und jetzt diskutieren wir«, sagte Frau Schmitt-Holz. Die Klasse blieb stumm.

»Was ist, hat euch der Film nicht gefallen?«, fragte sie weiter.

»Man konnte überhaupt nichts verstehen«, beschwerte sich Sabrina.

»Die Schauspieler waren auch nicht überzeugend«, rief Ina.

»Und die Kostüme. Da hättet ihr euch aber mehr Mühe geben können«, meckerte Simone. »Und Julia war ganz unglaubwürdig in der Sterbeszene«, schob Sabrina nach.

»Ich fand die schauspielerische Leistung ausgezeichnet«, verteidigte uns Frau Schmitt-Holz. Sabrina & Co. kuckten noch wütender. Jetzt war ganz klar, sie hatten den Liebesbrief geschrieben und waren stocksauer auf mich. Es fiel ihnen bestimmt gerade auf, dass sie uns durch ihre Intrige erst zusammengebracht hatten.

Nur die arme Frau Schmitt-Holz tat mir so Leid. Keiner wollte mit ihr diskutieren. Sie konnte ja nicht ahnen, was hier ablief. Eins zu null für uns! Zur Feier des Tages lud ich nach der Schule Johnny und Bastiane zu frisch gepresstem Orangensaft zu mir nach Hause ein. Wir hörten uns eine CD von den Back Street Boys an. Johnny fand sie blöd. Als die beiden gingen, musste ich meine ganze CD-Sammlung neu sortieren.

Jetzt ist es 19.00 Uhr. Ich habe Mathehausaufgaben gemacht, gesaugt und mein Zimmer aufgeräumt. Gleich gibt's Abendbrot, es riecht leider nach Miracoli. Nach dem Essen habe ich noch eine Stunde Zeit. Vielleicht kuck ich Fernsehen, das habe ich seit Wochen nicht gemacht. Es läuft der Film »Wunderwerk Mensch«. Da wird genau erklärt, wie der Körper des Menschen funktioniert.

Wann sehn wir uns, wann drehn wir uns, auf diesem Erdenball

Wann kommt der Tag des Wiedersehns mit einem großen Knall

Deine Fanny

PS: Warum kann ich eigentlich nicht einfach so mit Johnny befreundet sein? Früher hab ich viel mit Jungen gespielt. Seit dem 5. Schuljahr geht das nicht mehr. Sofort sagt einer: »Hi, hi, die sind verliebt.« Find ich blöd.

Winseln, Donnerstag, 24. September

Hi, Fanny,

Roberts Schal liegt gerade mit meinem Nachthemd unterm Kopfkissen. Letzte Nacht flüsterte er mir ins Ohr: »Pepsi, du wirst ein Star. Aber nur, wenn du mich zu deinem ersten Auftritt mitnimmst.«

Yeah.

Heute im Englischunterricht passierte es: Ich sollte einen Text nacherzählen, den ich zu Hause gar nicht gelesen hatte, weil ich den ganzen Nachmittag E-Bass üben musste. Ich stammelte und stotterte, bis Miss Meisel dem ein Ende machte.

»Zum dritten Mal keine Hausaufgaben. Du weißt, was das bedeutet. Jetzt gibt's eine schriftliche Verwarnung an deine Eltern.«

Ich dachte an Mama. Sie ist ja so mit Mimi, Gemüsekisten und Yoga beschäftigt, dass sie gar nichts von meiner Schulkatastrophe weiß. Sie ahnt nicht, dass ich stinkfaul bin und auf ein Wunder Gottes warte, das mich ins 9. Schuljahr katapultiert. Am Ende wird sie mir noch die Rockwerkstatt verbieten. Sie neigt zu Kurzschlusshandlungen, wenn sie von ihrer Yoga-Matte steigt.

In der Pause traf ich Heini. Der stand mit seinen dumpfbackigen Freunden in der Raucherecke und qualmte.

»Na Pepsi, schlecht drauf?«

»Miss Meisel schickt eine Verwarnung nach Hause, weil ich nie Hausaufgaben mache.«

»Tja, da sitzt du ganz schön in der Scheiße.«

Er inhalierte tief, blies mir den stinkigen Rauch ins Gesicht, ließ den Zigarettenstummel fallen und drückte ihn langsam mit der Schuhspitze aus. Ich musste husten. Jemand klopfte mir auf den Rücken. Ich blinzelte zur Seite, es war Robert. Robert! Schock! Freude! Zittern! Mein Gesicht wurde heiß, die Ohren brannten lichterloh und meine Füße waren einbetoniert.

Die anderen glotzten mich an. Heini rollte die Augen, bestimmt hat er gemerkt, dass ich rot geworden bin. Warum muss er in der Schule immer so verflucht cool sein? Zu Hause spielt er am liebsten mit Mimi.

Gott sei Dank klingelte die Schulglocke. Ich lachte Robert an und raste in die Klasse. Zu spät kommen kann ich mir nicht mehr leisten. Der Matheunterricht rauschte an mir vorbei. Als ich vor der Klasse eine Aufgabe lösen sollte, lächelte ich die Tafel an und sah statt Zahlen nur diese schönen grünen Robert-Augen.

Nachmittags trafen wir uns bei Traube im Keller und diskutierten unseren zukünftigen Bandnamen. Traube bestand auf dem Namen DIE TRAUBE SISTERS, Charlie waren alle Namen egal. Ich versuchte beide für PEPSI PISTOLS zu begeistern. Vergeblich. Am Ende schrie ich wütend: »Ohne Namen keine Band!«

»Willst du etwa aussteigen und mir meine Zukunft versauen?«, brüllte Traube hinterm Schlagzeug.

»Von mir aus brauchen wir gar nicht aufzutreten. Ich kann auch zu Hause spielen. Mir ist das sowieso Wurscht«, meinte Charlie. Ich war sprachlos und radelte nach Hause. Eine Band, die aus einer egozentrischen Schlagzeugerin, einer »Mir ist eh alles Wurscht«-Pianistin, einer liebeskranken Bassistin und einem Yeti als Gitarristin besteht, aus der kann doch nix werden, oder?

Deine Pepsi

PS: Sollte unser Auftritt jemals stattfinden, dann am Samstag in dreieinhalb Wochen. Du könntest das ganze Wochenende hier sein. Ach, das wäre großartig. Wo ich doch hier nur von Verrückten umgeben bin. (Außer Robert.)

PPS: Man kann nicht mit Jungs spielen, weil sie immer zeigen wollen, dass sie sich nicht für Mädchen interessieren. Mädchen sind einfach uncool, wusstest du das nicht?

Köln, Sonntag, 27. September

Hallo, Sister Pepsi,

lass dich auf gar keinen Fall zu Entscheidungen hinreißen, die dir hinterher Leid tun! Nur weil ihr noch keinen Namen habt, wollt ihr jetzt nicht auftreten? Wenn alle Stricke reißen, nennt ihr euch einfach NO NAMES. Diese Traube spinnt ja wohl. Als Schlagzeugerin kann sie sich doch nicht so in den Vordergrund spielen!

Ich habe ein gemütliches Wochenende hinter mir. Gestern Morgen brachte mir Mama das Frühstück ans Bett und kippte gleich die Kanne Kakao um. Bettzeug und Matratze waren hinüber. Nachmittags nahm Mama mich zu einem Mädchenfußballturnier mit. Ich bin nur mitgefahren, weil Bastiane im Tor stand. Johnny war auch dabei. Ich hab ihn einfach angerufen und gefragt, ob er mitkommen will. Er wollte. Er war froh, seiner Geschwistermeute zu entkommen. Allerdings musste ich ihm versprechen, von diesem Ausflug nichts in der Klasse zu erzählen. Die Klasse hatte gerade kapiert, dass unsere Liebesgeschichte schon wieder zu Ende ist.

Bastiane ließ doch tatsächlich in einem Spiel 10 Schüsse der Gegenmannschaft in ihr Tor! Johnny und ich waren verzweifelt. Nach dem Spiel war sie so deprimiert, dass ich sie zu einem Fernsehabend mit Übernachtung einlud. Im Fernsehen lief der Film: »Zum Siegen verurteilt«. Gleich fing Bastiane an zu weinen. Mama tröstete sie.

»Alle wirklich guten Sportler haben diese extremen Niederlagen zu verkraften. Denk an Steffi, Franzi und die andern. Beim nächsten Mal kämpfst du wie eine Löwin. Das ist alles eine Frage des mentalen Trainings.«

Bastiane hörte sofort mit der Heulerei auf und fragte, was das sei, mentales Training.

»Du musst dir einfach vorstellen, du bist die Löwin und die anderen die Antilopen. Es kommt auf die Kraft deiner Gedanken an und nicht nur auf die deiner Muskeln«, erklärte Mama.

Später lagen wir gemütlich im Bett und redeten. Regen prasselte gegen die Fensterscheiben. Plötzlich klingelte das Telefon. Zu unserer Überraschung war es Johnny. Er wollte uns nur Gute Nacht sagen.

Heute haben wir bis mittags geschlafen. Ich wurde wach, weil Bastiane auf meinen Bauch sprang und rief: »Ich bin eine Löwin und werde dich jagen, du lahme Antilope!«

Es regnet immer noch. Bastiane fuhr vor zwei Stunden nach Hause, und Mama ist ins Fitness-Studio gegangen. Fanny allein zu Haus. Auf einmal stand ich im Badezimmer vor Mamas Schminksachen. Erst trug ich Make-up auf, dann knallroten Lippenstift, danach Kajal und blauen Lidschatten. Zum Schluss stäubte ich mich mit einem dicken Puderpinsel ein. Ich starrte lange in den Spiegel und sah eine Fremde. Ich sah überhaupt nicht aus wie Mama, wenn sie ausgeht. Ich sah aus wie eine Mischung aus Frankensteins Tochter und Daisy Duck. Und wie lange das dauerte, bis ich den Lippenstift wieder von der Zahnspange runterhatte. Niemals will ich erwachsen werden! Sollte ich aber doch erwachsen werden, dann werde ich auf keinen Fall Schminke benutzen. Das macht mich nur hässlich.

Forever young bleibt deine Fanny

PS: Hast du eigentlich schon Haare unter den Armen? Ich habe heute zwei gefühlt.

PPS: Mama ist eben wiedergekommen. Ich höre spitze Schreie aus dem Badezimmer. Wahrscheinlich hat sie gerade bemerkt, dass ich ihren Lieblingslippenstift abgebrochen habe. Wenn's um ihre Schönheit geht, versteht sie keinen Spaß!

PPPS: Hilfe, ich höre laute Schritte, die sich meinem Zimmer nähern. Ahhhhhhhrrrrrg!!!!!

Winseln, Mittwoch, 30. September

Liebste Fanny,

Traube, Charlie und ich haben uns wieder vertragen. Ich habe alle angerufen und zusammengetrommelt. Sie fanden deinen Vorschlag NO NAMES gar nicht so schlecht. Aber wir haben die Namensgebung aufgeschoben, um uns nicht gleich wieder in die Haare zu kriegen. Wichtig ist, dass wir erst mal drei Songs haben, und einen in Reserve. Stell dir vor, das Publikum schreit: »Zugabe, Zugabe«, und wir müssen *Alle meine Entchen* spielen, weil wir nicht mehr draufhaben. Unser erstes Stück heißt *Wald*-Rap. Wir haben es zusammen geschrieben und heute mit Yeti geprobt. Höllisch aufregend. Yeti stand da in ihren Bergsteigerstiefeln und haute auf ihre Gitarre ein, als würde sie Holz hacken. Charlie bearbeitete das E-Piano, Traube tobte am Schlagzeug, und während mein E-Bass sanft brummte, sang ich den *Wald*-Rap:

Grüne Augen / die nichts taugen / die verfolgen mich / In der Pause / und zu Hause / denk ich nur an dich / Gibt es mittags Spinat / oder abends Salat / seh ich Augen an mir saugen / ich schrei Halt / geh in den Wald / mir wird kalt – zu viel Grün – die Natur kennt kein Erbarmen / ich wach auf in deinen Armen.

Leider kann ich dir nur den Text schicken, nicht die Melodie. Du darfst unsere erste Kritikerin sein. Aber bitte, bitte, zerreiß ihn nicht in der Luft. Ich bin so empfindlich im Moment.

Mama hat den Brief mit der Verwarnung von Miss Meisel bekommen. Sie hat ihn offensichtlich so ernst genommen, dass sie ihn auch Papa gezeigt hat. Zu zweit saßen sie auf dem Sofa und hielten eine kleine Rede. Er ein Wort, sie ein Wort. Ich brauchte gar nichts zu sagen.

Er: »Pepsi –«

Sie: »– wir müssen mit dir reden.«

Er: »Doro hat gesagt, du machst keine Schulaufgaben mehr?«

Sie: »Pepsilein, das ist pure –«

Er: »– Faulheit. Sitzenbleiben ist nicht drin –«

Sie: »– du willst doch nicht etwa sitzen bleiben?«

Ich: »Nein, ich will nicht sitzen bleiben.«

Da waren sie ganz erleichtert. Papa raste zu seinem Computer und Mama zu Mimi. Für sie war der Fall erledigt. Komische Eltern.

Eigentlich kann ich ja machen, was ich will. Nur leider finde ich hier nirgendwo ein ruhiges Plätzchen. Mimi kämpft mit Mama und schreit das Haus zusammen, weil sie nicht gewaschen werden will. »Wata, wata, weg!«

Heini hört in Stadionlautstärke »Die Ärzte«. Ätzend!

Heute Nachmittag hatte ich eine gute Idee, wie ich Robert ganz zufällig treffen könnte. Seine Eltern haben doch einen Bauernhof. Darum habe ich Mama versprochen, von nun an immer frische Milch bei Roberts Eltern zu holen. Sie schaute mich ungläubig an.

»Seit wann bist du denn scharf auf warme Kuhmilch?«

Ich radelte also vor dem Abendessen mit zwei leeren Blechkannen dorthin (15 Minuten bei Höchstgeschwindigkeit und ohne zu bremsen). Und als ich mit hängender Zunge Roberts Mutter meine Kannen vor die Füße stellte, kam Liane mit Robert aus dem Kuhstall. In der Hand eine volle Kanne Milch.

»Komm, Robert, ich erkläre dir noch mal die Mathehausaufgaben«, sagte sie, als sie mich sah. Ohne dass er die Chance hatte, etwas zu antworten, ging sie zum Haus. Und er dackelte blöde hinter ihrem Pferdeschwanz her. Ich war sauer. Jetzt hatte ich vier Liter Milch, aber kein Wort mit Robert gewechselt. Ich hängte die vollen Kannen links und rechts an den Lenker und fuhr nach Hause. In der Kurve zu unserer Einfahrt kam ich ins Schleudern und knallte hin. Vier Liter Milch ergossen sich über meine Klamotten und die Gänseblümchen. Heini spielte gerade mit Mimi vor dem Haus, und beide lachten sich krank. Das einzig Gute an diesem Tag war, dass wir alle keine euterwarme, fetttriefende Milch trinken mussten.

Ich fliehe in mein Bett und hole heimlich unter meinem Kopfkissen Roberts Schal hervor. Hm, er riecht so gut, irgendwie eine Mischung aus Mensch, Zimt und warmem Fell (so was hat Liane sicher nicht).

Schreib bald.

Deine schlafende Peps

PS: Wenn du kommst, schminke ich dich. Dann wirst du schon sehen, wie gut du aussiehst.

Ich habe schon 13 Haare unter dem rechten Arm und 18 unter dem linken. Für das Konzert rasier ich die ab.

Köln, Freitag, 2. Oktober

Mensch, Sister P.,

spinnst du? Wieso rasierst du dir die Haare unter den Armen ab, da guckt doch eh keiner drunter! Und wenn du dich verletzt und das blutet, kriegst du eine Blutvergiftung und kannst nicht auftreten! Dann würde ich ja deinen Auftritt verpassen. Mit Mama hab ich alles abgesprochen. Sie fährt mit. Ich freu mich so auf dich. Und ich bin gespannt, wie dieser Robert aussieht.

Ich muss dir unbedingt was erzählen. Gestern Nachmittag war ich bei Papa im Laden, hinten im Lager. Johnny und ich wollten uns ein bisschen Geld verdienen mit Bücherauspacken. Wir müssen ja immer für Bastiane bezahlen. Da kam auf einmal eine Frau ins Geschäft. Ich erkannte sie sofort an der Stimme.

»Hallo, Herr Sonntag, wie geht es Ihnen? Hat Ihnen Fanny von dem wunderbaren Romeo-und-Julia-Film erzählt, den sie während der Projektwoche gedreht hat? Also, ich glaube, sie ist nicht nur auf der Leinwand dem Romeo ein bisschen näher gekommen. Als wir den Film der Klasse gezeigt haben, hielt Fanny Händchen mit Johnny, ganz harmlos natürlich. Hätte ich gar nicht gedacht, dass Fanny schon Jungs im Kopf hat.«

»Nun, das muss sie von mir haben. Ich hatte auch schon früh Jungs, äh, Mädchen im Kopf.« Die beiden lachten. Wir hielten den Atem an. Wir konnten nicht glauben, was wir da hörten.

»Frau Schmitt-Holz, kann ich Ihnen ein Buch für Ihren Leistungskurs empfehlen? Hier zum Beispiel der

Roman eines ganz hervorragenden Autors, eine aufregende Liebesgeschichte mit dem Titel *Meine Leber so groß*. Er kommt übrigens demnächst in meine Buchhandlung zu einer Lesung. Sie bekommen natürlich eine Freikarte. Weil Sie so einen guten Literaturgeschmack haben. Und das in Kombination mit Ihren wunderschönen langen roten Haaren macht Sie einfach unwiderstehlich.«

»Ich überlege mir schon die ganze Zeit, sie abzuschneiden.«

»Bloß nicht. Das wäre ein Fehler. Natürlich würde Ihnen auch kurzes Haar stehen, aber bitte, lassen Sie es lang, mir zuliebe.«

Ich hielt es nicht mehr aus. Mit einer großen Bücherkiste rannte ich nach vorne. »Papa, wo kommt denn die Kiste hin? Mama hat übrigens eben angerufen und sich für die Bücher bedankt. Sie kommt vielleicht später noch vorbei.«

»Welche Bücher?«, fragte Papa verwirrt.

»Hallo, Fanny, was machst du denn hier?«, fragte Schmitt-Holz ziemlich entgeistert.

»Ich bin hier zu Hause«, antwortete ich.

»Warum bist du denn nicht hinten im Lager?«, fragte Papa streng.

»Ja, ich muss dann mal los.« Und hastdunichtgesehn, war sie verschwunden und Papa sauer. »Danke, Fanny, das hast du wirklich gut gemacht!«

»Was denn? Was hab ich denn gemacht?«

»Ach, schon gut. Kannst gleich schon mal Wasser für die Kartoffeln aufsetzen!«, sagte er missmutig.

»Was gibt es heute?«

»Bratwurst, Kartoffeln und Salat.«

»Igitt, Bratwurst!«

»Ich habe extra für dich deine Lieblingsbratwurst in der Biometzgerei gekauft. Wieso sagst du jetzt ›Igitt‹?«

»Weil ich Vegetarierin bin.«

»Seit wann?«

»Seit heute.«

»Wieso denn das?«

»Vegetarier werden 100 Jahre alt, hab ich gelesen. Außerdem esse ich nichts mehr, was Augen hat. Die armen Tiere.«

Papa war bedient. Erst hab ich ihm den Flirt mit der Schmitt-Holz vermasselt, und jetzt darf er kein Fleisch mehr kochen. Und er isst doch so gerne Fleisch. Das hat man davon, wenn man Kinder in die Welt setzt und sich an ihre Lehrerinnen ranmacht.

Plötzlich hörte ich ein Rufen aus dem hinteren Teil des Ladens. Ich hatte Johnny im Lager ganz vergessen. Die Tür war zugefallen, und er kam nicht mehr raus. Er saß schockiert auf einem Stapel Bücher.

»Das hätte ich von der Schmitt-Holz nicht gedacht, dass sie solche Sachen über uns verbreitet«, sagte Johnny.

Er hatte anscheinend gar nicht mitgekriegt, dass Papa mit Schmitt-Holz geflirtet hat. Ich weiß ja immer sofort, was los ist. Weißt du noch, wie er auf Omas 60. Geburtstag die Kellnerin angegraben hat und ihr am Schluss stundenlang beim Gläserspülen in der Küche half?

Mein Zeitplan für den Rest des Tages:

14.30–15.00 Uhr:	Brief an Pepsi schreiben (schon fast erledigt)
15.00–15.30 Uhr:	Staubsaugen
15.30–16.00 Uhr:	Englischvokabeln pauken
16.00–16.05 Uhr:	Berichtigung Mathearbeit (hab nur zwei Fehler)
16.05–16.30 Uhr:	Zimmer aufräumen
16.30–17.00 Uhr:	Mit der Straßenbahn zum Kieferorthopäden
17.00–17.30 Uhr:	Kieferorthopäde
17.30–18.00 Uhr:	Mit der Straßenbahn nach Hause
18.00–18.10 Uhr:	Johnny eine Kassette mit meinen Lieblingsliedern bringen
18.10–19.00 Uhr:	Papa beim Kassemachen helfen
19.00 Uhr:	Abendessen
20.15 Uhr:	Fernsehen (»Die geheime Welt der Erdmännchen«)
21.00 Uhr:	Schlafen!

Deine Fanny

PS: Wehe, du rasierst die Haare ab!

Winseln, Dienstag, 6. Oktober

Liebe Fanny,

weißt du, was mein Bruder Heini zum Thema Haare zu sagen hat?

»Man sieht doch aus wie ein Schimpanse, wenn man Haare unter den Armen hat.«

»Und wieso läufst du dann als Affe rum?«

»Bei uns Jungs ist Körperbehaarung nicht tierisch, sondern männlich« war die Antwort.

»Und Mama, ist die auch eine Schimpansin für dich?«

»Ach, Mama zählt doch nicht, die kommt doch aus der Steinzeit, die hat den Papa mit der Keule erbeutet. Das waren völlig andere Verhältnisse, als die jung waren.«

Heini scheint sich auszukennen. Wir stellten uns vor, wie Mama 1982 in eine Kneipe geht und dem Mann am Tresen, der ihr am meisten gefällt, mit einer Keule über den Kopf haut. Der fällt vom Hocker, und sie schleift ihn an seiner Jeansjacke zu sich nach Hause. Dort wird er unser Papa. Der Anfang einer wunderbaren Liebesgeschichte.

Dann habe ich eine Umfrage bei meinen Freundinnen gemacht. Traube tut es auch. Ich meine, Achselhaare abrasieren.

»Es ist so ein erwachsenes Gefühl. Supermegaturbo erwachsen. So erwachsen wie ein Mofa haben oder eine Scheckkarte oder ein Deo benutzen.«

»Auch wenn man gar nicht schwitzt unter den Armen?«, wagte ich einzuwenden. (Ich habe noch kein Deo, kein Mofa und keine Scheckkarte.)

Traube wollte es nicht glauben: »Was, du hast noch kein Deo?«

Charlie kann man natürlich mit so was nicht kommen.

»Is mir völlig Wurscht«, sagte sie und klimperte auf ihrem Piano ein paar Töne. Daraus hat sie dann den *Rapunzel*-Rap gemacht:

Ja, dein Haar / macht mir klar / nie vergess ich dich / seh ich Haare an Beinen / muss ich weinen / und verliebe mich. / »Hallo, du« / ruf ich einem fremden Mädchen zu / Kurz darauf seh ich ein / Niemals können Haare schön / wie an deinen Beinen sein.

Traube und ich waren begeistert, nur Yeti nicht. Bestimmt hat sie einen ganzen Flokati-Teppich an den Waden.

Ich bin mir ganz sicher, dass Liane sich ihre Beine rasiert. Sie trägt immer so kurze Röcke. Robert hat bestimmt auf irgendeiner Party im Sommer, auf der ich nicht eingeladen war, schon einmal seine Hand auf ihr Knie gelegt.

Ich machte dann zur Probe die Augen zu und legte meine Hand auf mein Knie. Es fühlte sich ganz struppig an, wie ein kleiner Rauhaardackel. Als ob es gar nicht mein Knie wäre.

Gerade kuckt Mama zur Tür herein und setzt Mimi auf meinen Schreibtisch. Ich hab sie gefragt, warum sie sich nicht die Beine rasiert.

»Erstens ist das ein Diktat der Männer, und zweitens habe ich gar keine Zeit dazu. Hast du deine Hausaufgaben schon gemacht?«

»Das kann ich nicht, solange Mimi auf meinem Schreibtisch sitzt.«

»Tu mir den Gefallen und pass eine Stunde auf sie auf. Papa schläft und ich muss zum Bauernhof.«

»Ich muss dir unbedingt den Rap vorsingen, den Charlie gedichtet hat. *Ja, dein Haar / macht mir klar / nie vergess ich –*«

»Ganz toll, tschüs, bis später. Pass gut auf Mimi auf.«

»Peppi bielen, Peppi bielen«, schreit Mimi. Ich mach schnell Schluss, bevor Mimi den Brief zerreißt und aufisst.

Deine haarige Pepsi

PS: Ich rasier mir die Haare doch ab.

PPS: Mama sing ich nie wieder einen Rap vor.

Köln, Mittwoch, 7. Oktober

Hallo, Pepsi,

heute habe ich zwei Arbeiten wiederbekommen: Englisch und Deutsch. In Englisch hab ich eine Eins, und in Deutsch nur eine Zwei minus. Total ungerecht von Schmitt-Holz. Sie hat druntergeschrieben: »Rechtschreibung und Grammatik hervorragend, inhaltlich nicht ganz überzeugend. Etwas kürzer und dafür präziser hätte deiner Arbeit gut getan.«

Ich habe extra viel geschrieben, weil ich dachte, meine Note würde dann besser. Am liebsten würde ich kein Wort mehr mit ihr sprechen, aber dann krieg ich im Mündlichen eine Fünf.

Viele traurige Grüße

deine Fanny

Winseln, Donnerstag, 8. Oktober
in der Schule, Erdkunde

Liebste Fanny,

es ist etwas Schreckliches passiert:

Gestern Abend hatte ich alles gemacht: E-Bass geübt, alle (!) Hausaufgaben, die Schultasche gepackt, Mimi ins Bett gebracht. Mama war in der Rückenschule. Sie lernt jetzt, wie man schwere Gemüsekisten hebt. Ich ließ mich hundemüde ins frisch bezogene Bett fallen, machte das Licht aus und tastete unter dem Kissen nach Roberts Schal. Der Schal war nicht da! Weg! In Luft aufgelöst!

Zuerst grub ich wie ein Schneepflug mein ganzes Zimmer um, dann bin ich rüber zu Heini. Der schlief schon. Nichts. Mit der Taschenlampe suchte ich den Schal in Mimis Zimmer. Nichts. Nachdem ich das ganze Haus durchkämmt hatte, ging ich zu Papa, er saß am Computer. Papa mutiert langsam zur fleischlichen Verlängerung der Festplatte. Er war auf der Jagd nach einem taiwanischen Virus und murmelte nur »Scheiße, Scheiße, Scheiße«.

»Ich suche einen Schal«, sagte ich.

»Vergiss nicht, die Haustür zuzumachen, wenn du gehst«, sagte Papa, ohne aufzuschauen.

Es war zehn Uhr abends, ich stand da mit nackten Füßen und im Nachthemd. Aber so altmodische Sachen wie Tag und Nacht nimmt Papa gar nicht mehr zur Kenntnis.

Ich wollte schon aufgeben, da fiel mir der Wäschekeller ein. Ich rannte die Treppen runter, immer vier

Stufen auf einmal. Und da hing er, nass auf der Leine. Eingegangen ist er auch und riecht nur noch nach Waschmittel. Der ganze Robert-Geruch ist weg. Der Schal sah mich triefend an und sagte: »Wird Zeit, dass du mich aus dieser feuchten Hölle befreist, Pepsi. Das mit dem Star überleg ich mir noch mal.«

Mir kamen fast die Tränen, ich hätte Mama den Hals umdrehen können. Man wäscht doch nicht einfach den Schal von jemandem, den man gar nicht kennt! Was soll ich jetzt machen? Ich kann Robert doch nicht bitten, ihn noch mal zwei Wochen zu tragen, damit er wieder so gut riecht wie vorher.

Heute Morgen machte ich Mama Vorwürfe. Es gab einen fürchterlichen Krach. Sie brüllte mir hinterher:

»Mit mir nicht!« (Das ist ihr Lieblingssatz, wenn man sie mal angreift.)

»Mit mir nicht! So ein Theater wegen eines dämlichen Schals.«

Dabei würde es doch schon reichen, wenn sie einfach mal sagen würde, dass es ihr Leid tut.

Vorhin in der Pause habe ich Robert gesehen. Er saß mit seiner Clique auf dem Mäuerchen, nur Jungs. Ich wollte mich nicht dazustellen und ging vorbei. Er sagte »Hi, Pepsi« und grinste süß.

»Hi, Robert.« Es kribbelte wieder in meinen Händen.

Gleich nach der Schule gehe ich zu Traube, ich muss mich mal von meinem Familienhorror erholen. Es sind noch genau zwei Wochen bis zu unserem Auftritt. Wir proben jeden Tag. Ich verpasse immer noch manchmal meine Einsätze, aber Charlie ist geduldig wie ein Lamm. Traube ist so mit ihrem Schlagzeug beschäftigt, dass sie meine Fehler gar nicht bemerkt. Und Yeti lobt mich und meint, ich hätte so eine reine Stimme. Wenigstens mal einer, der an mich glaubt.

Heute Abend setze ich mich hin und schreibe einen *Schal*-Rap. Das habe ich dem Schal versprochen, als Wiedergutmachung dafür, dass er von Mama so grausam misshandelt worden ist.

Ach Fanny, ich freue mich so, dass du kommst. Bis dahin ist dein Ärger mit Frau Schmitt-Holz wegen der Zwei minus in Deutsch bestimmt vergessen. Falls du zufällig bei Hasi und Mausi vorbeikommst und ein tolles T-Shirt siehst, kaufst du es mir dann für den Auftritt? Hier auf dem Land findet man ja nichts. Das Geld gebe ich dir dann wieder. Dann kannst du mir auch gleich was Süßes mitbringen.

Pepsialische Küsse,

deine P.

Köln, Freitag, 9. Oktober

Liebe Pepsi-Schwepsi,

ich bin wahnsinnig neugierig auf euren Auftritt. Auf Yeti und deine komischen Freundinnen Traube und Charlie. Vor allem bin ich gespannt auf diesen geheimnisvollen Robert. Ich glaube, ich sollte auch aufs Land ziehen. Dann könnte ich jede Menge frische warme Milch trinken (du weißt ja, ich bin süchtig danach. Aber finde mal eine Kuh in Köln …).

Am Samstag hat Papa mein Zimmer blau gestrichen. Sonntag habe ich es mit Bastiane neu eingerichtet.

Alle meine Playmobilsachen stopften wir in einen Riesenkarton und trugen ihn in den Keller. Die Stofftiere, bis auf Herrn Koberg, meinen Koala, wurden mottensicher in einer blauen Mülltüte verpackt. Über mein Bett habe ich ein Moskitonetz als Himmel gespannt.

Eine wirkliche Hilfe war Bastiane eigentlich nicht. Von meiner Muschelsammlung hat sie aus Versehen die schönste zertreten. Meine Kugelschreibersammlung hat sie total falsch einsortiert. Das konnte ich alles noch mal neu machen. Als ich heute Morgen aufwachte, bekam ich keine Luft mehr, denn ich hatte mich im Moskitonetz fast selbst erwürgt. Papa musste mich herausschneiden. Nun habe ich kein Himmelbett mehr, leider …

Wenn ich meine Bilderbücher noch aussortiere, habe ich ein richtiges »Jugendzimmer«, wie Oma Nierchen sagen würde. Ob ich Johnny mal einlade? Er könnte ja einen selbst gebackenen Kuchen mitbringen. Oder soll ich vielleicht eine Geburtstagsparty feiern?

Braucht ihr noch einen Rap-Text? Wie wär's mit:

Schmeißt die Barbies auf den Haufen / geht euch lieber Platten kaufen / werft das Lego in den Müll / zeigt stattdessen mehr Gefühl / Eltern kriegen Hausverbot / und bei Omas sehn wir rot / Ken kommt an den Marterpfahl / Skipper ist uns scheißegal / Partytime ist angesagt / Topfschlagen nicht mehr gefragt.

Und wenn ihr beim Auftritt dieses Lied singt, dann machst du eine Ansage. »Dieses Lied widme ich meiner Cousine Fanny.« Ja???? Machst du das????? Bitte!!!!!!

Deine Fanny

PS: Schmitt-Holz rief heute bei Papa in der Buchhandlung an. Ich war zufällig da und ging ans Telefon. Damit hatte sie nicht gerechnet. Es war ihr offensichtlich peinlich.

»Kann ich mal mit deinem Vater sprechen, es geht um eine Buchbestellung für die Schule«, stammelte sie. Ich gab Papa den Hörer, kramte in den Bücherregalen und lauschte heimlich. Sie sprachen, glaube ich, über einen Roman.

»Illusionen«, »Jugend«, »Trennung«, »Träume«, konnte ich verstehen. Kannst du mir mal sagen, warum die mit meinem Papa über Bücher diskutieren muss?

PPS: Als Nächstes ist Bastianes Zimmer dran. Sie will ihr Zimmer knallgrün streichen, mit roten dicken Tulpen drauf. Ich glaube, davon wird sie Kopfschmerzen kriegen. Und ihr Bett will sie in ein Fußballtor verwandeln.

Winseln, Montag, 12. Oktober

Liebe Fanny,

jetzt wird's ernst: wir haben noch 6 Tage. Wenn es überhaupt dazu kommt, dass wir auftreten.

Gestern hatten wir Rockwerkstatt. Yeti wollte, dass wir alle drei Stücke hintereinander spielen, als wären wir live auf der Bühne. Wir legten die Reihenfolge fest: *Wald*-Rap und *Dein Schal.* Als Zugabe will uns Yeti noch eine Vertonung von deinem tollen Barbie-Text machen.

Der *Wald*-Rap klappte so einigermaßen. Bei *Rapunzel* fing Traube mitten im Lied eine Diskussion an.

Als ich sang *»Hallo, du« / ruf ich einem fremden Mädchen zu,* meinte sie: »Das muss doch eigentlich ein Junge singen.« Da hatte sie nicht Unrecht. Ich schlug vor, den Text zu ändern.

»Hallo, du« / ruf ich einem fremden Jungen zu.

Doch da mischte sich Charlie ein: »Das ist mir nicht egal! Auf keinen Fall wird mein Text geändert. Sonst steig ich aus.«

So kannten wir sie gar nicht. Während wir uns stritten, ging die Tür auf und Bodo kam rein.

»Lasst euch nicht stören. Ich suche nur meinen Saxophonkoffer.«

»Hey, Bodo, hast du nicht Lust auf einen Gastauftritt in der Molkerei? Wir haben ein Lied, das ein Junge singen muss!«, rief Traube. Ich dachte, ich hör nicht richtig. Bodo war begeistert, tat aber ganz cool.

»Klar, mach' ich, aber nur, wenn ich ein Saxophonsolo nachschieben kann.«

Traube und Charlie freuten sich, ich war wie vor den Kopf geschlagen und stumm. Yeti sagte nichts. Wieso sagte sie nichts? Mir traten Tränen in die Augen. Gott sei Dank fand Bodo seinen Koffer und verschwand.

»Wie könnt ihr einfach Bodo zum Stargast machen? Habt ihr vergessen, wie er uns vor der ganzen Klasse lächerlich gemacht hat, als Frau Meisel unsere Namensvorschläge vorgelesen hat? Außerdem sind wir doch eine Mädchenband und wollten keine Jungs dabeihaben!«, brüllte ich.

»Du bist doch nur sauer, weil du jetzt ein Lied weniger hast«, gab Traube zurück.

Charlie, ganz die Alte: »Mir ist es Wurscht, wer es singt. Hauptsache, der Text wird nicht verändert.«

»Frau Siel, was sagen Sie dazu?«, fragte ich Yeti.

»Im Prinzip hast du ja Recht, Pepsi. Aber die Männer machen das doch auch so. Die schmücken sich mit gut aussehenden Mädchen als Sängerinnen. Wir holen uns einen gut aussehenden Sänger.«

»Bodo sieht nicht gut aus!«, brummte ich.

»Ich finde Bodo hübsch. Du hast ja nur Angst, dass er dir die Show stiehlt. Lass uns erstmal weitermachen«, beendete Traube den Streit. Immer muss sie das letzte Wort haben. Wir machten weiter mit dem Schal-Song. Yeti hatte in der Komposition für jeden ein kleines Solo eingeplant. Wunderbare Idee. Es gab nur das kleine Problem, dass Traube zwar ein fetziges Solo hinlegte, aber leider nicht mehr aufhörte. Sie trommelte und trommelte und trommelte. Yeti und Charlie hörten ergeben zu. Ich auch. Bis ich's nicht mehr aushielt. Ich ging nach hinten und nahm ihr einfach die Stöcke aus der Hand.

»Wenn du das auf der Bühne bringst«, sagte ich, »ist der Saal nach ein paar Minuten leer.«

Traube starrte mich an und schnappte nach Luft.

»Du bist ja nur eifersüchtig. Einer von uns beiden ist hier zu viel!« Sie warf ihren Rucksack über die Schulter und rauschte aus der Tür. Das muss sie irgendwo im Fernsehen gesehen haben. Miserabler Abgang.

»Konntest du nicht ein bisschen diplomatischer sein?«, fragte Yeti verzweifelt. »Ich setze für morgen, 14.00 Uhr eine Zusatzprobe an, für die ich meine kostbare Freizeit opfere. Bis dahin habt ihr euch vertragen. Und damit basta.«

»Mir ist es Wurscht, wie du das hinkriegst«, sagte Charlie zu mir im Gehen.

Ich hatte für heute genug von Diplomatie. Plötzlich war ich hungrig und müde und sehnte mich nach Zuhause. Aber dieser gemeine Montag wollte kein Mitleid mit mir haben. Als ich durch die Eingangshalle ging, sah ich bei den Fahrradständern Mama stehen. Sie sprach mit – na, mit wem wohl? Mit meiner Englischlehrerin Miss Meisel!

»Was machst du denn hier?«, fragte ich schwach, als ich bei ihnen ankam.

»Ich unterhalte mich gerade mit Frau Meisel über Plumpudding.«

Was hatte das jetzt zu bedeuten? Beide grinsten irgendwie hinterlistig oder redete mir das mein schlechtes Gewissen ein, weil ich immer noch keine Hausaufgaben mache? Miss Meisel verabschiedete sich schnell, und Mama sagte: »Ich muss Gemüsekisten ausfahren. Penelope, das Essen steht im Backofen. Sei leise, wenn du zu

Hause bist, Mimi macht ihren Mittagsschlaf. Wir sehen uns später.«

Mit weichen Knien stieg ich auf mein Fahrrad und fuhr nach Hause. Jetzt liege ich mit einem Teller Broccoli-Dinkel-Auflauf (würg) auf meinem Bett und schreibe dir. Bis morgen, zwei Uhr muss ich mich mit Traube versöhnen. Ich glaube, ich lasse das Konzert einfach platzen und mich auch.

Deine Pepsi in der Patsche!

PS: Ich kann das Konzert auf keinen Fall platzen lassen. Es ist doch mein einziger Trumpf gegen Lianes schwarzen Pferdeschwanz. Wenn Robert mich auf der Bühne sieht, wird er endlich merken, dass er in *mich* verliebt ist.

PPS: Und außerdem kann ich es nicht platzen lassen, weil Tante Gaby dich dann nicht nach Winseln fährt.

Köln, Dienstag, 13. Oktober

Pepsi,

kann nur ganz kurz schreiben, weil mitten in Bastianes Zimmerrenovierung. Riesenkrach mit Bastianes Mutter. Will kein Geld für grüne und rote Farbe rausrücken. Haben Farbe aber schon gekauft. Von meinem Geld! Bastiane ist pleite!

Hoffe, wenn dieser Brief ankommt, ist Ärger mit Traube schon verflogen. Kein Verzeihen, wenn Konzert platzt.

Übrigens: Mein Hals kratzt.

Fanny

Winseln, Donnerstag, 15. Oktober
Religion

Liebe Fanny,

gestern lag ich auf dem Bett, versuchte Hausaufgaben zu machen und dachte gleichzeitig darüber nach, wie ich mich mit Traube vertragen könnte, ohne mich zu entschuldigen, da klingelte das Telefon. Heini nahm ab und schrie wie immer durchs ganze Haus: »Peeeeepsiiiii, für diiiiiich.«

»Ich bin nicht zu Hause«, brüllte ich zurück. Er schmiss das Telefon auf mein Bett. Es war Traube.

»Hi, Pepsi, ich entschuldige mich, wenn du dich entschuldigst.«

»Warum soll ich mich entschuldigen?«

»Weil du, genau wie ich, in den letzten Wochen jeden Tag geprobt hast, weil wir eine tolle Band sind, und na ja, weil ich, äh … wir unbedingt auftreten wollen.«

»Wie kommst du denn darauf?«

»Durch Charlie. Sie hat mich angerufen und gesagt, ich soll dich anrufen und mich mit dir vertragen.«

Es entstand eine lange Pause, und dann sagte sie: »Wenn du willst, kannst du auch *Rapunzel* singen.«

Ich schluckte. »Ach, das ist bestimmt witzig, wenn Bodo es singt.«

Ja, genau so habe ich es gesagt. Es war plötzlich ein saugutes Gefühl, so großzügig zu sein. Wir tauschten noch ein paar »Tschuldigung, Tschuldigung« und verabredeten uns für morgen bei Yeti. Danach spielte ich zwei Stunden lang alle Stücke wieder und wieder auf dem E-Bass. Ich wurde immer besser.

Als ich abends im Bett lag, flüsterte der Schal mir zu: »Pepsi, vergiss nicht, Robert zum Konzert einzuladen.«

Über der Frage, wie ich das einfädeln könnte, bin ich dann eingeschlafen.

Am nächsten Tag, vor dem Biounterricht, wir waren gerade auf dem Klo, sagte Traube: »Wer kümmert sich eigentlich um die Werbung? Nirgendwo hängt ein Plakat, das unsere Band ankündigt.« Es klingelte schon zur nächsten Stunde.

»Was soll da draufstehen, ??? spielt in der Molkerei? Wir haben keinen Namen,« meinte Charlie trocken.

»Ich dachte, wir hätten uns auf TRAUBE SISTERS geeinigt«, schrie Traube hinter ihrer Toilettentür.

»PEPSI PISTOLS klingt doch viel cooler«, rief ich von meinem Klo aus.

»Ich mache nur mit, wenn wir TRAUBE SISTERS heißen«, tönte es aus Traubes Kabine.

»PEPSI PISTOLS ist mein letztes Angebot« war meine Antwort.

»Schlagt euch von mir aus die Köpfe ein, erdrosselt euch mit Klopapier, ich geh schon mal. Meinen Vorschlag könnt ihr über dem Waschbecken lesen«, sagte Charlie.

»Hey, warte doch.« Ich stürmte aus dem Klo. Auf dem Spiegel über dem Wasserhahn stand mit rotem Filzstift ganz groß: YETI GIRLS. Charlie war schon weg.

»Gar nicht schlecht«, sagte ich erstaunt, und diesmal gab Traube mir Recht. Für den Biounterricht war es sowieso zu spät. Deshalb machten wir uns gleich daran, Papier und Farbe zu organisieren. Auf dem Fußboden der Mädchentoilette breiteten wir uns aus und malten

Plakate. Als Charlie aus dem Biounterricht kam, hatten wir schon zehn YETI GIRLS-Konzertankündigungen fertig.

»Ach, ihr seid noch da? So ist's brav«, grinste Charlie.

Als Erstes gingen wir in die Kreissparkasse und fragten Herrn Münzer, ob wir ein Plakat aufhängen dürften. Wir durften. Wir kletterten ins Schaufenster, Traube hielt die rechte Ecke des Plakats fest, Charlie die linke, ich kämpfte mit der Tesarolle, da spazierte Robert draußen vorbei und winkte uns zu. Er zeigte auf das Plakat, hielt die Daumen hoch, nickte und ich lachte.

»Ich krieg gleich einen Krampf im Arm. Vielleicht könntest du mal weitermachen«, maulte Traube. Als wir rauskamen, war er weg, aber wir hatten sowieso noch so viel zu tun. Ich weiß gar nicht, was schlimmer ist: wenn keiner kommt, oder wenn alle kommen.

Noch zweimal schlafen, hoffentlich überlebe ich das.

Deine zitternde, bibbernde Peps

Köln, Donnerstag, 15. Oktober

Liebe Pepsi,

weißt du, von wo aus ich dir schreibe? Aus dem Bett. Ich habe 40 Grad Fieber, mein Hals tut sooo weh. Die Ärztin hat gesagt, ich müsste die Mandeln bald rauskriegen. Ich nehme alle Medizin, die sie verschrieben hat, gurgele halbstündlich mit Salbeitee und bleibe den ganzen Tag im Bett, damit ich auf jeden Fall am Freitag kommen kann!!!!!! Jetzt kann ich den Stift nicht mehr halten. Ich muss wieder schlafen.

Deine kranke Fanny

Köln, Freitag, 16. Oktober

Pepsi, hol mich hier raus!

Papa und Mama haben sich verbündet. Sie lassen mich nicht zu dir fahren!!!!!!!!!!!

Liebe Pepsi,
Fanny bittet mich, ihren Brief an dich zu schicken. Nur damit du weißt, wie krank sie wirklich ist: Sie hat seit drei Tagen 40 Grad Fieber und dicke, vereiterte Mandeln. Wir machen uns wirklich Sorgen. Wenn du eine gute Freundin sein willst, tröste sie und sag ihr, dass ihr euer Konzert wiederholt.

Deine Tante Gaby

Liebe Pepsi,
Gaby hat wirklich Recht. Fanny singt im Fieberwahn schon Reime. Gar nicht schlecht, seid ihr auf Ringelnatz' Spuren? Ich habe einen schönen Gedichtband bestellt. Wenn du Fanny gut zuredest, im Bett zu bleiben, schicke ich ihn dir bald. Ruf sie bitte heute Abend an.

Dein Onkel Hartmut

Grüße an die alten Schilauskys!

Winseln, Sonntag, 18. Oktober

Armes kleines Fannylein,

ich sehe auf 400 km Entfernung deine großen roten Mandeln leuchten. Wie zwei Planeten einer außerirdischen Galaxis. Ich habe nicht schlecht gestaunt, als eure Gemeinschaftskarte im Briefkasten lag. Dein Zustand scheint ja wirklich lebensgefährlich zu sein. Ich war so traurig, nachdem ich dein schwaches, kloßiges Stimmchen am Telefon hörte. Ich wollte schon vorschlagen, backstage eine Intensivstation für dich aufzubauen, aber Mama hat mir irgendwas von Folgeschäden an Herz und Nieren bei Angina erzählt. Werd einfach schnell gesund, und wir machen das Ganze noch mal.

Wie ich versprochen habe, schreibe ich dir jetzt einen extra-turbo-mega-superlangen Brief und berichte stäubchengenau von unserem Konzert. Eigentlich wollte ich dir auch eine Videokassette schicken. Mama wollte filmen, konnte aber nicht kommen, weil Mimi kotzte.

Gestern Morgen war Generalprobe. Wir spielten jedes unserer vier Lieder mindestens 30-mal hintereinander, und immer war irgendwas falsch. Entweder setzte ich mit dem Singen zu früh oder zu spät ein, oder ich sang richtig und vergaß dabei Bass zu spielen. Oder Traube trommelte viel zu schnell oder zu langsam. Nur Charlie ließ sich durch nichts aus der Ruhe bringen. Sie brachte ihre Akkorde immer dann, wenn sie gebraucht wurden. Und Yeti war der Leuchtturm im Nebel, ohne sie ging gar nichts. Sie dirigierte uns mit ihrem stampfenden

Wanderstiefel. Am Schluss kam noch Bodo vorbei und machte seine Sache total professionell. Du verstehst: Es war nur die Generalprobe, und Traube und ich waren mit den Nerven so fertig, als ständen wir bereits auf der Bühne.

»Das kann ja heiter werden heute Abend. Ich werde eine Runde Baldrian schmeißen. So, Kinder, Schluss jetzt, entspannt euch bis heute Abend, wir treffen uns um 18.00 Uhr in der Molkerei zur Tonprobe«, beendete Yeti das Treffen.

Ich verbarrikadierte mich die restlichen Stunden in meinem Zimmer, ganz allein mit meinem E-Bass, und übte. Unterbrochen wurde ich ständig von Mimi, die an meinen Geheimvorrat an Süßigkeiten wollte. Dann sollte ich ein Buch vorlesen. Schließlich bestand sie (zu Recht) auf einer neuen Windel.

»Gibt es hier keine Erziehungsberechtigten, die sich um ihr verwahrlostes Baby ausnahmsweise mal selbst kümmern?«, brüllte ich die Treppe runter.

Ein Wunder geschah, Papa kam aus dem Arbeitszimmer und ging mit Mimi spazieren. Ich hatte Ruhe, denn Heini war beim Fußball und Mama beim Yoga. Gegen fünf klingelte das Telefon. Ich sprang mit nassen Haaren aus der Dusche. Traube heulte am anderen Ende der Leitung: »Ich kann nicht auftreten, ich verblute! Meine Unterhose ist voll Blut. Ich muss sterben.«

»Sag mal, spinnst du? Du hast deine Tage gekriegt. Das ist ganz normal. Hab ich auch schon lange.«

»Warum hat mir keiner erzählt, dass da so viel Blut kommt?«

»Deine Mutter auch nicht?«

»Über so was rede ich mit meiner Mutter nicht.«

»Pass auf, ich bringe dir ein Paket Binden von mir mit und hole dich ab. Alles wird gut. Freu dich, du wirst eine Frau, du bist jetzt fruchtbar. Einen besseren Tag dafür hättest du dir nicht aussuchen können. Wir müssen das gleich auf der Bühne bekannt geben. Dann können alle mitfeiern.«

»Ha, ha, ha.«

»Ruhig Blut, ich bin gleich bei dir.« Ich zog meine engste Jeans an, dazu mein bauchfreies Top, schminkte mich mit einem braunen Kajalstift und tuschte mir die Wimpern nachtschwarz. Dann klebte ich noch Glitzersteinchen um die Augen. Fertig. Ich schnappte meine Jacke und war schon fast aus der Tür. Da hörte ich einen erstickten Schrei aus meinem Zimmer.

»Peeepsi! Willst du mich etwa hier lassen?«

Roberts Schal!!!!! Wie konnte ich ihn nur vergessen!!!! Ich raste die Treppe wieder hoch, zog ihn unter dem Kissen hervor, wickelte ihn um den Hals und raste wieder runter. Mit dem E-Bass auf dem Rücken fuhr ich mit dem Fahrrad wie der Blitz zu Traube. Während der Fahrt wachste und zwirbelte ich noch meine Haare, damit sie möglichst igelig aussahen.

Traube saß auf einem Handtuch, weiß wie die Wand, am Küchentisch und übte mit Kochlöffeln auf umgedrehten Töpfen. Ich versorgte sie mit meinen Binden und schminkte sie noch ein bisschen weißer. Ihre Lippen malte ich dunkelrot. Die Haare flocht ich, während sie immer weitertrommelte, zu Zöpfen. Wir entschieden uns für ein langes, rotes T-Shirt-Kleid und weiße, dicke Turnschuhe. Traube fühlte sich jetzt ganz erhaben.

Auf dem Fahrrad fing mein Bauch an zu gluckern und zu grummeln.

»Hoffentlich krieg ich keinen Durchfall. Ich bin sooooo aufgeregt.«

»Und ich erst«, stöhnte Traube.

Als wir in der Molkerei ankamen, war dort schon alles toll geschmückt. In der Mitte hing eine riesige Diskokugel, angestrahlt von gelben, blauen und roten Lampen. Es sah super aus! Auf die Bühne waren 1000 Scheinwerfer gerichtet. Als wir bei der Tonprobe vor den Mikros standen, konnten wir nichts sehen, so geblendet waren wir.

Das ist vielleicht besser so. Sollte nämlich Robert dort unten stehen, würde ich sterben, wenn sich unsere Blicke träfen, dachte ich.

Yeti hatte sich zur Feier des Abends ganz besonders schick gemacht. Sie trug einen zitronengelben Mohairpullover und einen hellblauen bodenlangen Jeansrock, darunter ihre Wanderstiefel. Sie sah fast cool aus. Aber auch nur fast.

Charlie hatte dieselben Klamotten an wie immer. Um sieben Uhr füllte sich langsam der Saal. Die halbe Schule war da. Die komplette Unter- und Mittelstufe, sogar ein paar aus der Oberstufe. Wir sollten um acht Uhr spielen, also mussten wir eine Stunde irgendwie rumkriegen. Ich versuchte, mich mit ein paar Leuten aus meiner Klasse zu unterhalten. Unmöglich, ich verstand nicht, was sie sagten. Und wenn ich antwortete, verstand ich auch nicht, was ich selbst sagte.

Es kam einfach nicht in meinem Kopf an, so groß war das Lampenfieber. Ich ging allein hinter die Bühne und wartete. Ab und zu lugte ich durch den Vorhang, auf der

Suche nach Robert. Aber er war nicht zu sehen. Um acht wollten die andern dann anfangen, ich lief aufs Klo und schrie: »Ich habe Durchfall!«

Dort blieb ich eine Viertelstunde, bis Yeti mich mit Gewalt aus der Toilette holte. Robert sah ich immer noch nicht. Die anderen waren jetzt nicht mehr zu bremsen. Wir gingen auf die Bühne. Ich war so traurig über Roberts Fehlen, dass ich meine Aufregung ganz vergaß. Unser erster Song, der *Wald*-Rap, war zwar ziemlich schief, aber ein Erfolg. Dann riefen wir Bodo samt Saxophon auf die Bühne. Er war atemberaubend gut. (Wenn er nur genauso atemberaubend aussehen würde.) Bei *Hallo, du, ruf ich einer Fremden zu* kreischten die Mädchen in der ersten Reihe. Eine weinte. Als drittes Lied musste ich dann *Dein Schal* singen, mein Lied für den abwesenden Robert. Ich fing an: *Ich lieg im Bett mit deinem Schal / mein Hamster springt gleich vom Regal / das Tamagotchi stirbt – mir doch egal / die neuen Nikes sind banal …*

Dann sah ich Robert. Er stand in der ersten Reihe und schaute mich mit seinen grünen Augen an, ich schaute zurück und sang: *warum macht mich dein Schal / so fatal sentimental?*

Als das Lied zu Ende war, tobte das Publikum. Auch Robert klatschte wie verrückt, brüllte Zugabe und warf seine Mütze auf die Bühne. Wir brachten als Zugabe dein Lied *Schmeißt die Barbies auf den Haufen.*

Und dann waren sie nicht mehr zu halten. Ach, Fanny, ist das ein schönes Gefühl, berühmt zu sein. Sie brüllten und klatschten und stampften. Sie liebten die YETI GIRLS. Ich wurde von meinem Mut mitgerissen, griff das Mikro und stellte die Band vor. Wieder großes Zugabe-Gebrüll. Wir mussten alle Lieder noch mal spielen. Das war der schönste Moment meines Lebens.

Nach unserem Auftritt ging die Party richtig los. Ich tanzte den ganzen Abend nur mit Charlie, Traube und Robert. Er ließ mich nicht aus den Augen. Wenn ich mir eine Cola holte, holte er sich auch eine. Es war himmlisch!!! Irgendwo im Gewühl sah ich einen wippenden Pferdeschwanz, Liane eng umschlungen mit Bodo!

Gegen Mitternacht mussten Heini und ich gehen. Er war völlig erschöpft, weil er den ganzen Abend die John-Travolta-Tanznummer gegeben hatte. Mama wartete im Auto auf uns. Mimi war endlich eingeschlafen. Robert schaute mich beim Abschied sehnsüchtig an und fragte: »Sehn wir uns bald?«

Da hättest du Heini sehen sollen. Der konnte nicht glauben, dass seine blöde, kleine, hässliche Schwester einen 16-jährigen Verehrer hat. Bevor ich Robert antworten konnte, zog Heini mich zum Auto. Auf dem Rücksitz fiel mir auf, dass ich meinen E-Bass vergessen hatte. Ich musste noch mal rein. Robert stand allein in einer Ecke. Ich konnte ihm schnell sagen, dass wir ja morgen (also heute) im Wald spazieren gehen könnten. Hinter der Bühne lag einsam mein E-Bass. Und noch jemand war dort: Yeti saß auf einem Lautsprecher, spielte leise Gitarre und sang *While my guitar gently weeps* von den Beatles. Plötzlich hatte ich sie so lieb, dass ich sie fest drücken musste. Sie ist ja schuld an meinem Glück.

»Ich bin stolz auf dich, du warst klasse«, sagte sie.

Draußen hupte Mama.

Ich muss Schluss machen, denn gleich ist es vier Uhr, und dann gehe ich mit Robert im Wald spazieren.

Ich bin das glücklichste Mädchen auf der ganzen Welt!

Deine Pepsi

Köln, Donnerstag, 22. Oktober

Liebste Pepsi,

mir kommt es vor, als hätte ich dir ewig nicht geschrieben. Deinen Brief konnte ich erst gestern lesen. Vorher hatte ich so hohes Fieber, und Hals- und Kopfschmerzen und sah nur Sternchen beim Lesen. So eine Angina ist wirklich ekelhaft ... Dein Brief lag unter meinem Kopfkissen. Darum habe ich wahrscheinlich immer von deinem Konzert geträumt. Im Traum war es mein Konzert. Ich stand auf der Bühne, sollte singen und Harfe spielen. Leider wusste ich weder den Text noch eine Melodie. Meine ganze Klasse starrte mich an: Johnny, Bastiane, Sabrina & Co. In der allerersten Reihe stand mein Vater und flüsterte mir meinen Rap-Text zu: *Als ich noch ein Seepferdchen war / im vorigen Leben / wie war das wonnig und wunderbar / unter Wasser zu schweben.*

Ich flüsterte zurück: »Das ist doch ein Gedicht von Ringelnatz. Willst du mich vor allen blamieren?« Da sprang er hoch auf die Bühne und knallte mir eine, vor allen Leuten.

In dem Moment wachte ich auf und mein Kopf tat weh. Ich war gegen die Wand gerumst.

Mama holte mir schnell einen kalten Waschlappen. Sie war jeden Tag da, machte mir Wadenwickel, kochte Salbeitee und las mir vor.

Sie wollte mir auch deinen Brief vorlesen. Hab ich ihr verboten. Ich will gar nicht weiter drüber nachdenken, was ich alles verpasst habe in Winseln. Aber vielleicht hätte ich auch nur gestört. Du hättest gedacht, jetzt muss ich mich um meine Babycousine Fanny kümmern, statt mit Robert zu tanzen. Wie ist der Waldspaziergang ausgegangen? Komisch eigentlich, dass ich noch nichts von dir gehört habe. Heute ist schon Donnerstag. Pepsi, ist was passiert?

SCHREIB SOFORT, WAS LOS IST!!!!!!!!!

Deine immer noch kranke,
sich zu Tode langweilende Fanny

PS: Ich werde jetzt bestimmt ganz schnell gesund. Papa gibt mir jeden Abend einen Riesenlöffel Antibiotikum. Aber erst, wenn Mama weg ist. Sie behandelt mich mit winzigen weißen Kügelchen. Mama sagt, je weniger Medizin sie enthalten, desto stärker helfen sie. Aber nur, wenn man nichts anderes nimmt. Mama ist schon ganz stolz, dass es mir wieder so gut geht.

Köln an Winseln: WO BLEIBT DEIN BRIEF?
Montag, 26. Oktober

Mensch Pepsi,

ich bin wütend und mache mir Sorgen. Jetzt sind schon wieder drei Tage vergangen und kein Brief von dir. Gestern Nachmittag habe ich ausnahmsweise bei euch angerufen. Ich wollte wissen, ob du noch lebst. Dein Vater war am Telefon und sagte: »Ja, hallo, Fanny. Warte, ich hol die Penelope mal eben ans Telefon.« Und dann kam einfach niemand mehr. Ganz entfernt hörte ich leise Tippgeräusche. Wahrscheinlich ist er an seinen Computer gegangen und hat mich vergessen. Kann das sein, dass dein Vater so schusselig ist? Ich hab ein paarmal in die Muschel gebrüllt, aber niemand hat mich gehört. Nach einer Viertelstunde hab ich aufgelegt. Später hab ich's noch mal versucht: Besetzt. Dritter Versuch: Wieder besetzt. Und dann habe ich es vergessen. Denn es passierte Folgendes:

Heute war ich den ersten Tag wieder in der Schule.

Beim Abendessen sagte ich zu Papa:

»Frau Schmitt-Holz ist auch krank. Schon eine ganze Woche lang.«

Er kuckte ganz besorgt. »Was hat sie denn?«

»Weiß ich nicht, ist einfach nur krank. Wahrscheinlich 'ne Grippe.«

»Man hat doch nicht eine Woche lang Grippe. Hoffentlich ist es nichts Ernstes. Willst du nicht mal anrufen?«

»Sag mal, spinnst du? Ich soll meine Klassenlehrerin

zu Hause anrufen und fragen, wie's ihr geht? Wenn das rauskommt, denken alle, ich bin eine Streberin.«

»Dann ruf *ich* sie eben an. Ich wollte ihr sowieso Bescheid sagen, wegen der Lesung nächste Woche.«

»Ich will nicht, dass du sie einlädst. Sie ist eine Plaudertasche.« Ich stand auf, rannte in mein Zimmer und drehte den Schlüssel rum. Er klopfte ein paarmal und wollte mit mir reden. Aber da gibt es nix zu reden. Ich hasse ihn. Bestimmt ist er verliebt. Dann heiratet er sie. Sie verlässt ihren Mann und wohnt bei uns. Und ich muss morgens stundenlang warten, bis sie im Bad fertig ist. Und wir gehen immer gemeinsam zur Schule! Das halt ich nicht aus!!!

Irgendwann bin ich eingeschlafen. Das erste Mal im Leben, ohne mir vorher die Zähne zu putzen. Als wir am nächsten Morgen schweigend am Frühstückstisch saßen, meinte Papa: »Reg dich nicht so auf, kleine Schnake. Sie ist doch nur eine Lehrerin, die sich zufällig für Bücher interessiert. Und ich habe zufällig einen Buchladen.«

»Zu viele Zufälle«, sagte ich, steckte mein Schulbrot in die Tasche und ging zur Bahn.

Jetzt schreib endlich oder ruf eben an. Hauptsache, ich weiß, was läuft.

Fanny-Popanny

PS: Zu meinem 13. Geburtstag wünsch ich mir von Papa, dass er Mama heiratet.

PPS: Du hast ja bestimmt nicht vergessen, dass in zwei Wochen mein Geburtstag ist!

Winseln, immer nur Winseln, Mittwoch, 28. Oktober

Liebe Fanny,

endlich komm ich dazu, dir zu schreiben. Auf dem Höhepunkt meines Erfolgs kam die kalte Dusche. Ich war soo enttäuscht. Warum wird man immer so schnell wieder auf die Erde zurückgebracht, wenn man gerade mal ein paar Meter auf Wolken gegangen ist. Gleich hängen sich die Erwachsenen zu mehreren an deine Fersen, um dich wieder runterzuholen. Du hast es ja schon vom Bett aus geahnt: Es ist alles schief gegangen.

Kein HAPPY END. Deine Pepsi flennt.

Sonntag ging ich also in den Wald, erste Birke links in Richtung Hochsitz. Weißt du noch, wie wir hier früher in den Ferien Star Wars gespielt haben? Geiles Raumschiff, das Bretterhäuschen. Es war verboten, weil Mama Angst hatte, wir könnten runterfallen. Ich war lange nicht mehr da gewesen.

Ich stieg hinauf und fand den alten weißen Umhang, den ich immer als Prinzessin Lea getragen hatte. Heini war Luke Skywalker. Und du musstest Han Solo sein, obwohl du lieber R2-D2 gewesen wärest. Das war lange vor Episode One.

Aufgeregt hielt ich nach Robert Ausschau. Es fing an zu nieseln und ich an zu frieren. Ich dachte, wieso kommt der Blödmann nicht? Hat er etwa unsere Verabredung vergessen? Oder schlimmer noch: Hat Liane auf der Party doch noch Bodo stehen lassen und sich auf Robert gestürzt, als Heini und ich schon weg waren? Oder findet er am Ende den richtigen Baum nicht? Aber es gibt hier doch nur einen mit Hochsitz. Ich grübelte, wartete und fror mir den Arsch ab. Robert ließ sich nicht blicken. Irgendwann wurde es dämmrig, und mir war inzwischen zum Heulen. Ich ging nach Hause. Mama stand genervt mit Mimi auf dem Arm in der Küche. Mimi rief: »Bobert, Bobert!«

Mama sagte: »Pepsi, wo bleibst du denn? Den ganzen Nachmittag hat das Telefon für dich geklingelt. Deine Freundinnen haben angerufen und dann bestimmt dreimal so ein Robert.«

»Dreimal Robert?«, rief ich.

In dem Moment klingelte das Telefon. Heini hob ab und alle, einschließlich Mimi, riefen im Chor: »Bobert, Bobert!«

Mensch, war das peinlich.

Robert kriegte keinen zusammenhängenden Satz raus. Jungs können einfach nicht telefonieren. Das Gespräch hörte sich etwa so an:

Sonntagsbesuch / Vater verboten zu kommen / Krach wegen schlechter Noten / stammel, stammel. Währenddessen versuchte Mimi an meinem Bein hochzukrabbeln und rief begeistert: »Bobert telnieren, Bobert telnieren.«

Es war zum Verrücktwerden. Mama kochte, Papa bekämpfte einen neuen Virus. Heini saß mit Riesenohren vor dem Fernseher und tat so, als würde er den Wetterbericht kucken. Niemand nahm mir das telefonsüchtige Baby ab. Mit Mühe und Not schaffte ich es, mich mit Robert für den nächsten Tag im Café zu verabreden.

Gerade ruft Mama auf der Yoga-Matte – die Füße um den Hals geknotet –, ich soll den Abendbrottisch decken und Mimi 'ne Windel machen. Es gibt Birnen-Zucchini-Auflauf. Der sieht wahrscheinlich wieder aus wie Mimis Windelinhalt. Das richtige Mahl für einen Popstar. Nie nimmt jemand Rücksicht!

Ich schreib dir gleich weiter.

... Stunden später.

Jetzt liege ich schon im Bett, draußen regnet es, wie immer in Winseln.

Montag nach dem Konzert traf ich mich mit Robert im Café Klotz. Ja, wir haben uns getroffen. Er war wirklich da, ich war da. Und alle anderen waren (Gott sei Dank) nicht da. Das Café war fast leer. Nur Herr Münzer von der Kreissparkasse aß hinter einer Zeitung einen Toast Hawaii. Robert kam zuerst, ich habe ihn reingehen sehen und bin dann noch einmal um den Block gegangen. Ich wollte ein bisschen später kommen. Ich hatte meinen Graue-Maus-Pullover an, in dem ich cool aussehe, finde ich. Und die Turnschuhe. Ich sah ganz normal aus, wie immer.

Roberts Schal hatte ich in der Jackentasche, er wollte unbedingt mit. Neugieriger, alter Schal. Ich bestellte mir einen Apfelsaft. Robert hatte einen Kaffee bestellt. Dadurch wirkte er älter, als er ist. Er sah irgendwie niedergeschlagen aus. Ich machte ihn darauf aufmerksam.

»Weißt du, ich bin vielleicht nicht mehr lange hier«, sagte er.

»Nicht mehr lange hier?«, fragte ich.

»Ja, nicht mehr lange hier«, antwortete er und sah mich an.

Mein Kopf war plötzlich so leer wie Traubes BH unter meinem Pullover.

»Schöner Pullover«, sagte er.

»Wo ist hier?«, fragte ich blöde.

»Hier in Winseln.«

»Wo willst du denn hin?«

»Von Wollen kann keine Rede sein, meine Eltern suchen ein Internat, weil ich wahrscheinlich hängen bleibe.«

»Internat?« Ich war sprachlos. So ein Aufstand nur wegen ein paar Fünfen.

»Du hast doch noch ein halbes Jahr Zeit. Du schaffst es doch locker, das wieder hinzubiegen!«

»Auf dem Halbjahreszeugnis kriege ich sechs Fünfen und eine Sechs.«

Der Arme, ich hätte ihn am liebsten auf der Stelle umarmt, ließ es aber bleiben. Ich konnte ihn so gut verstehen.

»Willst du einen Schluck von meinem Apfelsaft?«, fragte ich ihn.

»Ja«, sagte er und trank das ganze Glas aus. »Schule ist doch nur ein Ameisenhaufen für Leute, denen man sagen muss, wo's langgeht. Ich will Schreiner werden. Aber meine Eltern sagen, Schreiner haben noch weniger Zukunft als Bauern. Sie wollen unbedingt, dass ich Abitur mache. Es sei dann einfacher in jedem Beruf. Jetzt lerne ich einfach gar nicht mehr. Vielleicht kapieren sie es dann.«

Ich wusste nicht, was ich sagen sollte. Wir schwiegen eine Weile. Ich dachte an mein Zeugnis. Ich bin faul, aber wenn ich dann im zweiten Halbjahr anfange zu lernen, schaffe ich es doch immer, versetzt zu werden. Robert legte seine Hand auf mein Knie. Sie war so heiß wie ein Bügeleisen. In dem Moment kam Miss Meisel ins Café. Schnell bezahlten wir und gingen. Draußen war es schon dunkel. Robert brachte mich zur Bushaltestelle. Der Bus kam auch gleich. Als ich schon einsteigen wollte, nahm Robert mich plötzlich in den Arm und gab mir einen Kuss auf den Mund. ZISCH BRIZZEL DONNER BLITZ. Der Busfahrer hupte, ich stieg ein, und tschschsch schlossen sich die Türen. Ich saß ganz verdattert im Bus und dachte über diesen Kuss nach. Das war zwar nicht mein erster, aber mein schönster. Ich legte die Finger auf die Lippen. Sie brannten.

Zu Hause verdrückte ich mich gleich in mein Zimmer, weil ich Angst hatte, die ganze Familie würde mir den Kuss ansehen. Ich zupfte ein bisschen auf meinem E-Bass rum.

Beim Abendessen sagte Heini: »Pepsi ist verliebt.«

»So ein Quatsch«, brummte ich mit vollem Mund. Mama schaute erstaunt auf. Sie sah mich an und lächelte irgendwie komisch. Dann fiel ihr Blick auf Mimi, die sich gerade vor Müdigkeit Spinat in die Haare und Augen rieb. Mama nahm Mimi aus dem Hochstuhl. Sie hatte keine Zeit nachzuhaken. Was hätte ich auch sagen sollen? »Robert hat mich gerade geküsst«? Oder singen: *Wir haben's getan, zum allerersten Mal?* Würdest du das deiner Mutter erzählen?

Ich ließ Heini den Tisch alleine abdecken und gab ihm einen Tritt in den Hintern. Dann habe ich den Schal aus der Jacke geholt und bin gleich ins Bett gegangen.

»War doch ein schöner Nachmittag«, sagte der Schal.

»Ja, aber vielleicht mein letzter mit Robert. Wenn er ins Internat muss, gibt's demnächst nur noch Papierküsse.«

So war das. Jetzt weißt du, warum ich so lange nicht geschrieben hab. Nimm's nicht krumm.

Die Sache mit Frau Schmitt-Holz ist aber peinlich. Meinst du wirklich, dein Vater ist in sie verliebt? In eine Lehrerin? In deine Lehrerin? Unvorstellbar. Da ist mein Compi-Papi ja noch harmlos. Er hatte dich übrigens wirklich am Telefon vergessen. Passiert ihm dauernd, auch mit Mamas Gemüsekistenkunden. Dann gibt's immer Krach.

Deine völlig verknallte Pepsi

PS: Ich werde Popstar von Beruf. Robert passt dann auf unsere Kinder auf. Papa macht die Tourneeplanung. Mama darf das ganze Jahr Yoga machen und braucht nicht mehr zu kochen! Davon haben wir alle etwas.

PPS: Was meinte Robert bloß mit diesem Ameisenhaufen?

Köln, Freitag, 30. Oktober

Hallo, Pepsi,

Alles wird sich ändern, wenn wir groß sind, alles wird sich ändern …, läuft grade im Radio.

Das ist ja blöd, dass Robert ins Internat soll. Aber ich kann mir auch gar nicht vorstellen, dass man so viele Fünfen haben kann. Und sogar eine Sechs!! Die schlechteste Note, die ich je auf einem Zeugnis hatte, war eine Drei in Sport. Ich werde später Meeresbiologin.

Papa hat übrigens Frau Schmitt-Holz doch zur Lesung eingeladen. Gestern Abend stand ich vor dem Laden und riss Karten ab. Das erste bekannte Gesicht, das mir über den Weg lief, war Schmitt-Holz. Total aufgedonnert in einer Parfümwolke schwebte sie auf mich zu. »Hey, Sie sind doch krank, wieso liegen Sie nicht im Bett?«, platzte es aus mir raus. Das war ein bisschen krass.

»Mir geht es auch noch nicht gut«, hauchte sie. »Aber nach zwei Wochen im Bett musste ich einfach mal raus. Schon um meinen Kreislauf wieder in Schwung zu bringen, Fanny. Nächste Woche bin ich wieder in der Schule.«

Papa überschlug sich fast, als er Schmitt-Holz sah. Er organisierte ihr gleich einen Platz in der ersten Reihe.

»Ich habe doch noch so einen Husten. Hoffentlich störe ich niemanden«, meinte sie.

Sofort eilte Papa nach hinten und kam mit einem Glas Wasser wieder.

»So, Frau Schmitt-Holz, jetzt kann nichts mehr schief gehen.« Papa war so mit ihr beschäftigt, dass er fast den Dichter vergaß.

Der kam im Taxi angefahren. Ein Fotograf wartete schon auf der Straße auf ihn. Der Dichter schubste ihn zur Seite und rauschte in unseren rappelvollen Laden. »Herr Sonntag, was für ein Hotel haben Sie denn da für mich ausgesucht? Mein Zimmer ist kleiner als die Dusche!«, rief er quer durch den Raum. Papa wurde knallrot und stotterte irgendwas Unverständliches. Normalerweise hätte er mir Leid getan. Aber nach dem Zirkus, den er um Schmitt-Holz gemacht hatte, dachte ich: Geschieht ihm recht.

Ich verzog mich nach oben, schob ein tiefgefrorenes Salamibaguette in den Backofen und setzte mich allein an den Küchentisch. Immer noch besser als eine Dichterlesung: festgenagelt eine Stunde lang mucksmäuschenstill auf einem Stuhl sitzen und jemandem zuhören, der aus seinem Buch *Meine Leber so groß* oder so ähnlich vorliest.

Ich holte mir ein großes weißes Blatt Papier und schrieb einen Geburtstagsplan:

MEIN GEBURTSTAG:

Wen lade ich ein?

Johnny und Bastiane

Was gibt es zu essen?

Nach der Schule fahren wir gemeinsam zu Mama. Sie erwartet uns mit einem vegetarischen Mittagsbuffet: Möhren- und Gurkensalat, Buchweizenpfannkuchen, Grünkernfrikadellen und Tofuburger. (Das kann sie selber kochen oder im Bioladen kaufen.)

Was machen wir nach dem Mittagessen?

Wir drei fahren allein mit der Straßenbahn in den Zoo, ins Aquarium (in der Zeit kann Mama mal schnell zu ihrer Zeitung): Dort gibt es ein neues Becken mit Seepferdchen.

Was mache ich abends?

Abends gehe ich mit Mama und Papa ins Kino, in »Das doppelte Lottchen«.

Ich hoffe, sie finden die Idee so toll wie ich. Der Film handelt von zwei Mädchen, die sich in einem Ferienlager kennen lernen. Sie sehen genau gleich aus und haben am gleichen Tag Geburtstag. Die Mädchen finden heraus, dass sie Zwillinge sind. Ihre Eltern hatten sich scheiden lassen, als sie noch Babys waren. Jeder durfte ein Kind behalten. Dann versuchen die Zwillinge, ihre Eltern wieder zusammenzubringen. Und das Beste am Film: Sie schaffen es.

(Ich hab den Film schon zweimal im Fernsehen gesehen. Er ist so schön!)

Mach's gut / mach's besser / als ich, der Tofufresser

Fanny Niere / ein Freund der Tiere

PS: Gehst du jetzt mit Robert?

PPS: ZISCH BRIZZEL DONNER BLITZ, Roberts Kuss hört sich ja an wie ein Kurzschluss.

Winseln, Montag, 2. November
Im Biounterricht

Liebe Fanny-Popanny,

du interessierst dich doch für Biologie. Dann hör mal, was hier in meinem Biobuch steht: »Die Nervenzellen der Lippen haben auffallend lange und viele verzweigte Fortsätze«. Deshalb brizzelt es so. Die können so einen Kuss sozusagen direkt ins Gehirn weiterleiten. Da wird er dann für immer gespeichert, zum Beispiel unter Pepsi:\Rob\1.Kuss.doc. Daran werde ich mich noch erinnern, wenn ich neunzig bin.

Mein Problem ist nicht, ob ich mit Robert gehe, sondern was ich mache, wenn er weggeht, wenn seine Eltern es wirklich fertig bringen, ihn ins Internat zu schicken. Ich kann mir ein Leben ohne Robert gar nicht mehr vorstellen. Wenn ich morgens in die Schule gehen werde und weiß, ich werde ihn nicht in der Pause zufällig treffen, und er wird nicht »Hi, Pepsi« sagen. Der Schulhof wird sich in eine Wüste verwandeln ohne ihn. Lauter namenlose Gesichter. Ich hatte mir schon überlegt, wie viele Kinder wir haben würden (zwei oder vier, auf keinen Fall drei) und dass sie alle grüne Augen haben würden. Das Schlimmste wird aber die Bushaltestelle sein, wo er mich in den Arm genommen hat. Die wird mich zum Heulen bringen. Jetzt schon. Uaaaahhhhhh. Fanny, was soll ich nur …

BRIEFESCHREIBEN GEHÖRT NICHT
IN DEN UNTERRICHT,
gez. Dr. F. Gurk

In der Englischstunde

Hi, Fanny,

ich war ganz versunken in meinen Schmerz, da kam plötzlich die haarige Hand von meinem Biolehrer Herrn Gurk und zog mir den Brief weg.

»Den kannst du dir im Lehrerzimmer abholen«, sagte er sauer.

Da war ich eben und musste mir anhören, dass ich in Bio eine Fünf kriege, wenn ich so weitermache. Dabei handelt der ganze Brief nur von Biologie! Als ich aus dem Lehrerzimmer rausging, rief er mir hinterher: »Da hast du dir ja den Richtigen ausgesucht. Ihr könnt euch bald gegenseitig eure blauen Briefe vorlesen!« Dieser Gurk ist ein Blödmann!

Nach Englisch habe ich noch Mathe, Deutsch und Sport, what a horrible day. Am schnellsten vergeht die Zeit im Unterricht, wenn ich mich an unser Konzert erinnere.

Ich denke oft an diesen Tag. Nachts liege ich im Bett und versuche, mir jede Stunde und jede Minute noch einmal vorzustellen. Wie ich zu Traube geradelt bin, um ihr die Binden zu bringen. Wie wir endlich auf der Bühne standen, wie ich den *Schal*-Rap sang und auf einmal Robert sah. Nicht nur nachts und in der Schule denke ich daran – auch beim Mittagessen, beim Hausaufgabenmachen, beim Treppeputzen.

Immer sitze ich da und träume die Zeit rückwärts. Eigentlich will ich gar nicht, dass etwas Neues passiert, damit die Erinnerung an diesen Tag, den aufregendsten Tag meines Lebens, nicht verwischt wird.

In der Schule kann man wirklich keine Briefe schreiben, jetzt bin ich von Traube gestört worden. Auf einem Zettelchen hat sie mich gefragt, ob ich mit ihr und Charlie nach der Schule für die geplante Pyjamaparty einkaufen gehe. Wir wollen unseren ersten Auftritt feiern.

Ich hatte schon überlegt, wie ich Robert einschmuggeln könnte. Aber das krieg ich nicht durch, weil ich schon dafür gesorgt habe, dass Bodo nicht eingeladen wird. Traube will sowieso nur Mädchen einladen, weil uns sonst die Jungs im Schlafanzug sehen. Charlie ist es egal, die interessiert sich nicht dafür, wie sie im Nachthemd aussieht, und noch weniger dafür, wie Jungs das finden könnten.

Schreib mir bald,
sonst schick ich dir ’n Wald
von Papier
mein armes kleines Tier

Pepsi, die Einzelle

PS: HELP! Miss Meisel wants to kill me, because I have written a letter.

Köln, Freitag, 6. November

Liebe Einzelle,

zu welchen Einzellen gehörst du denn: zu den Spirillen oder den Vibrionen? Beide pflanzen sich nicht geschlechtlich fort (na, du weißt schon, wenn Männer und Frauen ES tun), sondern einfach durch Spaltung. Wenn du also eine Einzelle bist und mit Robert eine Familie gründen willst, brauchst du dich nur in ganz viele kleine Pepsis zu spalten. Und du musst ES nicht tun. Ist doch super. Dann kann er doch ruhig ins Internat gehen, und ihr habt trotzdem Kinder.

Ich finde, es ist noch viel zu früh, über Familienplanung nachzudenken. »Kind, genieße deine Kindheit, später hast du nix zu lachen.« Hat mir heute wieder Oma Nierchen gesagt, bei der ich zum Mittagessen war. Ich soll dich grüßen.

Ich muss dir aber auch was in Sachen Liebe berichten:

Heute Mittag in der Schule kamen in der großen Pause Sabrina & Co. auf mich zu. Sabrina fragte mich, wie ich das finde, dass Johnny und Bastiane jetzt zusammen wären?

»Wie kommt ihr denn *da*rauf?«

»Hast du nicht gesehen, dass die beiden eben über den Schulhof gingen und hinter den Pavillons verschwunden sind? Und jetzt hat es zum zweiten Mal geklingelt, und sie sind immer noch nicht wieder zurück. Ist doch komisch, oder?«

In dem Moment tauchten tatsächlich Bastiane und Johnny hinter den Pavillons auf. Als sie mich sahen, kicherten sie albern rum und rannten an mir vorbei in die Schule.

»Na, was hab ich gesagt?«, triumphierte Sabrina.

Ich schleppte mich in den Matheunterricht. Die ganze Stunde beobachtete ich heimlich, ob Bastiane und Johnny Blicke tauschten. Das war das erste Mal, dass ich in Mathe nicht aufgepasst hab. Und übermorgen schreiben wir eine Arbeit.

Am Nachmittag ging ich runter zu Papa in die Buchhandlung. Er sollte mir ein paar Tipps für die Mathearbeit geben. Als ich in den Laden kam, standen Bastiane und Johnny in der Ratgeber-Ecke und schauten sich ein großes Buch über Fische an. Als sie mich sahen, wurden beide knallrot und Bastiane rief:

»Hallo, Fanny! Was machst du denn hier?«

»Ich kam hier ganz zufällig vorbei. Was macht ihr denn hier?«

»Wir kamen auch zufällig vorbei ...« Pause.

»Du hast doch nächste Woche Geburtstag. Feierst du?«

»Ja, ich wollte ins Aquarium. Zu den Seepferdchen. Vielleicht. Vielleicht mach ich auch gar nix. Und geh nur mit meinen Eltern ins Kino.« Plötzlich hatte ich gar keine Lust mehr, sie einzuladen.

»Tschuldigung, aber ich muss ganz dringend aufs Klo.« Was Besseres fiel mir nicht ein.

»Ja, wir müssen auch mal los. Wir sehen uns ja morgen in der Schule!«, sagte Johnny, setzte sich die Baseballkappe auf, hängte sich den Rucksack über den Rücken und schlurfte mit seiner Arsch-Hängehose zur Ladentür. Bastiane latschte obercool hinter ihm her. Als sie weg waren, wollte ich von Papa wissen:

1. Haben sie sich tief in die Augen gekuckt?
2. Ist einer rot geworden?
3. Haben sie gekichert?
4. Haben sie sich geküsst?

Aber Papa konnte mir rein gar nichts dazu sagen. Alle wichtigen Informationen waren ihm entgangen.

»Wo ist das Problem, Fanny? Können deine besten Freunde nicht einfach mal so die beste Buchhandlung der ganzen Stadt besuchen? Müssen sie dann gleich eine Liebesbeziehung haben? Schnake, du siehst Gespenster. Nun zieh Leine, oder frag mich was Vernünftiges. Zum Beispiel, wer ist der beste deutsche Dichter des 20. Jahrhunderts?«

»Helge Schneider natürlich«, rief ich und duckte mich schnell, weil Papa mir ein Buch an den Kopf schmiss.

Ich grübel und grübel und grübel. Und verstehe nicht, warum Bastiane und Johnny so komisch sind. Ob sie wirklich verliebt sind? Und wann ist das passiert? In der Zeit, als ich krank ans Bett gefesselt war? Bastiane ist doch meine beste Freundin. Warum erzählt sie mir nichts? Hat sie Angst, dass ich eifersüchtig bin? Ich fühle mich so einsam ohne meine Freunde. Was würde ich nur machen ohne deine Briefe?

Eins sag ich dir, ich werde ohne J und B feiern (leider habe ich die vollständigen Namen schon vergessen). Meinen Geburtstag können die mir nicht verderben. Man wird nur einmal im Leben 13 Jahre alt, oder? Und gibt es einen besseren Ort, ihn zu feiern, als das Zoo-Aquarium, mit Seepferdchen und Tofuburgern? Und zwar in genau fünf Tagen.

Und J und B, die können mich mal, ich weiß nicht

mal mehr, wie die aussehen ... Nur noch 20 Minuten bis 21.00 Uhr. Zeit, Zähne zu putzen und ins Bett zu gehen ...

Fanny, dein armes kleines Tier
(freut sich über 'nen Wald von Papier).

PS: Schick mir mal ein Foto von Robert. Wenn du jetzt verliebt bist, belügst du dann deine besten Freundinnen Charlie und Traube? Und am Ende sogar mich?

PPS: Wenn ich Bastiane und Johnny nicht einlade, mit wem soll ich sonst feiern? Ich kann doch nicht allein zu den Seepferdchen gehen. Sabrina & Co. kommen nicht in Frage. Dann bleiben nur noch Anne und Eva. Mit denen habe ich zwar lange nichts gemacht, aber sie werden sich bestimmt über eine Einladung freuen.

Winseln, Montag, 9. November

Geburtstags-Rap

Fanny Niere / Freund aller Tiere /
ich wünsch dir zum Feste / das Beste /
leb gesund wie ein Hund / schnell wie 'ne Giraffe /
schlau wie ein Affe / sei stark wie ein Bär /
im Meer / der Gefühle krasses Gewühle /
Ameisen laufen im Ameisenhaufen /
doch du bist 'ne Meise / die auf ihre Weise / singt
crazy wie der Krake / viel Glück, alte Schnake

Deine immer an dich denkende,
ihr Herz verschenkende,
sich nach dir verrenkende

Penelope Schilausky
(im ganzen Land als Pepsi bekannt)

PS: Mama hat extra für dich einen Möhrenkuchen gebacken.

Köln, Donnerstag, 12. November

Weltbeste und allerliebste Cousine,

ich bin 13 Jahre alt. Komisch. Ich fühle mich genauso wie vorgestern, als ich noch 12 war.

Ich muss dir ganz viel berichten-popichten. Schließ dich in dein Zimmer ein, damit du weder von Mimi noch von Heini oder sonst jemandem deiner Nervensägen-Familie gestört wirst:

Gestern, am 11. November schlug ich um 6.45 Uhr die Augen auf. Geblendet von 13 Kerzen, die mir mein allerliebster Papa auf einem Kuchen unter die Nase hielt. Wachs tropfte auf mein Bett. Ich pustete sie ganz schnell aus. Das gab noch mehr Sauerei.

In der Küche war bereits ein Geburtstagsfrühstück vorbereitet. Noch mehr Kerzen. Luftballons, Girlanden, Hirsemüsliriegel, Päckchen und: meine Mama. Ganz verschlafen saß sie am Küchentisch. 7.00 Uhr ist für sie eine außerirdische Zeit. Da befindet sie sich normalerweise noch im Koma.

Ich liebe es, Geburtstag zu haben!

Auf der Fensterbank waren viele Pakete aufgebaut. Hab ich natürlich sofort aufgemacht. Das Tollste war ein Mikroskop mit Sachen zum Ankucken (Kopfschuppe, Heuschreckenflügel, Pflanzenlaus, Ameisenbein, Garnelenunterleib, Fruchtfliege). Außerdem habe ich einen neuen Füller bekommen und eine Schneekugel mit einem Seepferdchen drin. Und natürlich deinen *Geburtstags*-Rap. Wir versuchten gleich, ihn zu singen.

Und Bücher, Bücher, Bücher (aber die zählen bei mir

nicht als Geschenke) ... Wenn du mich mal besuchen kommst, dann schenk ich dir welche. Mein Regal bricht bald zusammen.

Leider musste ich ja in die Schule. Meine gute Laune war direkt wieder futsch, als ich Bastiane und Johnny sah. Sie standen am Schultor und liefen schnell weg, als sie mich kommen sahen. Natürlich kamen genau in dem Moment Sabrina & Co. um die Ecke gebogen und grinsten mich an mit ihren Mondgesichtern.

»Herzlichen Glückwunsch zum Geburtstag, Fanny!«, kreischten sie.

Ich beachtete sie gar nicht. Die Schule war wie immer. Außer dass Bastiane mich unglaublich nervte. Als sie ihr Deutschheft rausholte, löste es sich in seine Einzelteile auf. Dann lieh sie sich einen Stift von mir, denn sie hatte wie immer ihr Mäppchen vergessen. Als sie im Sportunterricht auch noch meine Gymnastikhose leihen wollte, dachte ich, jetzt reicht's. Ich redete kein Wort mit ihr. Das fiel ihr komischerweise gar nicht auf. Auch meinen Geburtstag erwähnte sie nicht. So konnte ich aber ohne große Ausreden nach der fünften Stunde mit Anne und Eva zu Mama fahren. Mit der Straßenbahn.

Und Mama hatte alles genau so vorbereitet, wie ich es mir gewünscht hatte. Das Essen schmeckte köstlich, es blieb aber komischerweise viel übrig. Als ich gerade meine vierte Grünkernfrikadelle verdrückte, klingelte es. Mama machte auf und herein kamen Johnny und Bastiane. Sie schleppten ein riesiges Paket. Hey, die hatte ich doch gar nicht eingeladen! Wollten die mir jetzt auch noch mein Fest verderben?

Ich drehte mich um und lief ins Badezimmer. Mama kam hinterher: »Fanny, was ist los? Willst du nicht wissen, was in dem Paket ist?«

»Ich will, dass sie wieder weggehen.«

»Jetzt versteh ich gar nichts mehr. Das sind doch deine besten Freunde.«

»Wie fändest du es denn, wenn deine besten Freunde auf einmal, ohne dir was zu sagen, ein Liebespaar wären?«

»Aber Bastiane und Johnny sind doch kein Liebespaar.«

»Sind sie wohl.«

Mama ging und kam gleich wieder. Im Schlepptau hatte sie Bastiane und Johnny.

»Fanny, ich glaube, es wird Zeit, dass hier etwas geklärt wird«, sagte Mama und ließ mich mit Johnny und Bastiane allein. Ich setzte mich auf den Badewannenrand. Die beiden standen vor mir.

»Diese Überraschung musste doch geplant werden. Deshalb waren wir hinter den Pavillons«, entschuldigte sich Johnny.

»Und deinen Vater mussten wir überreden, dass er uns bei deinem Geschenk finanziell unterstützt. Deshalb waren wir bei ihm in der Buchhandlung«, meinte Bastiane.

»Und ich hab gedacht, ihr, ihr …«

»Ja, das haben wir gemerkt. Aber wir konnten doch nichts sagen. Dann hätten wir die Überraschung verdorben. Und außerdem: Ich mit Johnny? Bist du verrückt? Der ist doch noch ein Baby!«, lachte Bastiane. Da schaute Johnny etwas beleidigt. Mir fielen 3 Steine vom Herzen. Wir gingen in den Flur, und ich packte das riesige Paket aus. EIN AQUARIUM!!! Mit Filter und Pumpe und Beleuchtung und einem Gutschein für zehn Fische!!!!! Ich staunte. Anne und Eva auch.

Es wurde ein schöner Nachmittag. Johnny und Bastiane durften mit in den Zoo gehen. Nur du hast gefehlt.

Die Baby-Seepferdchen hielten sich mit ihren Schwänzen am Seegras fest, die erwachsenen Seepferdchen verhakten sich mit ihren Ringelschwänzen und stiegen zur Wasseroberfläche rauf und wieder runter. Sah aus wie Wasserballett. Und ist so etwas wie ein Hochzeitstanz.

Am Schluss gingen wir noch zu den Elefanten und fütterten sie mit den übrig gebliebenen Tofuburgern.

Abends war ich mit Mama und Papa im Kino. »Das doppelte Lottchen«. So ein schöner Film! Am Ende heiraten die Eltern der Zwillinge wieder, weil Luise und Lotte sie zusammengeführt haben. Und die böse Freundin vom Vater verzieht sich. Als wir aus dem Kino kamen, nahm ich Papa ganz fest an die linke Hand und Mama an die rechte. Dann machte ich die Augen zu und wünschte, dass sie auf eine Idee kommen. Wie die Eltern im Film. Wir gingen zur Tiefgarage. Mama brachte Papa und mich mit ihrem Rennauto nach Hause. Papa war schweißgebadet, als er ausstieg. Mama kam noch nicht mal mit hoch. Sie ließ uns nur aussteigen und fuhr gleich weiter.

Als ich um 22.00 Uhr (eine Stunde später als sonst) im Bett lag, musste ich weinen.

Wahrscheinlich, weil ich total müde war. Geburtstag haben ist anstrengend.

Viele Grüße von deinem
steinalten Kraken

PS: Morgen treffe ich mich um 15.00 Uhr mit Bastiane und Johnny im Tiergeschäft. Ich werde 2 Saugwelse, 3 Zebrabärblinge, 4 Guppies und 2 Schlusslichtsalmer für mein Aquarium kaufen. Die Saugwelse sind die Staubsauger im Aquarium, sie fressen die Algen von den Scheiben.

PPS: Was macht die Karriere von YETI GIRLS?

PPPS: Vielen Dank an deine Doro-Mama für ihren Möhrenkuchen. Er war zwar eher Möhrenbrei, aber er hat gut geschmeckt. Deinen *Geburtstags*-Rap habe ich schon eingerahmt und übers Bett gehängt.

Wieder ein Sonntag in Winseln, 15. November

Liebe Fanny,

toller Geburtstag mit Seepferdchen und Tofuburgern. Dachte ich's mir doch, dass hinter der Tuschelei von Bastiane und Johnny etwas anderes steckte als Liebe. Ein Aquarium also.

Ich möchte gerne ein Fisch in deinem Aquarium sein. Weit weg von Winseln. Ich bin so unglücklich. Gut möglich, dass Robert jetzt wirklich für die nächsten Jahre in einem Internat verschwindet. Dieses Wochenende schaute er sich eines mit seinen Eltern zusammen an, Schloss Wittgenfels, im Sauerland, da soll er versauern. Und ich in Winseln. Ich werde auf ihn warten. Wir sind ein tragisches Paar, wie Susi und Strolch.

Das war mein erster Zeichentrickfilm im Kino. Ich hab so geweint. Kannst du dich erinnern, wie Strolch mit diesem großen Netz von Hundefängern gejagt wird? Oh, ist das gemein. Alle sind gegen uns.

Mama, Papa, Heini und Mimi tun so, als sei alles wie immer.

Ich meine, ich habe auch niemandem davon erzählt, außer dir. Und Traube und Charlie und Yeti auf der Pyjamaparty. Yeti brachte Pizza mit.

»Hallo, Yeti«, riefen wir wie aus einem Mund.

»Yeti? Heiße ich neuerdings wie die Band?«

»Nein, die Band heißt wie Sie. Schon als wir Sie das erste Mal sahen, haben wir Sie Yeti getauft.«

Yeti lächelte. Sie war ein bisschen rot geworden: »Hier, nehmt mal die heiße Pizza. Auch ein Schneemensch kommt mal ins Schwitzen.« Sie zog ihren Mantel aus. Darunter trug sie ein bodenlanges weißes Leinennachthemd mit Rüschen auf der Brust. Ich vergesse immer, dass sie unsere Lehrerin ist. Vielleicht mag ich sie deshalb so gerne, und weil sie so gut zuhören kann.

Wir saßen mit einem Haufen Pizzakartons und hörten alte CDs von Yeti und neue von uns.

Yeti meinte, sie sei dabei, einen neuen Auftritt für uns zu organisieren. Wir versprachen uns gegenseitig, wieder zweimal in der Woche zu proben. Dann kam das Thema auf Bodo. Die anderen wollen ihn anscheinend unbedingt dabeihaben. Ich nicht.

»Schließlich heißen wir YETI GIRLS. Das ist doch einfach unglaubwürdig mit einem Jungen. Ja, genau, wir machen uns total unglaubwürdig«, sagte ich sauer.

»Unglaubwürdig, was ist denn das?«, murmelte Charlie. »Wo hast du denn das her?«

»Na ja, da hat sie nicht unrecht, der Name ist ein Problem«, meinte Yeti.

»Ich finde den Namen super«, sagte Traube, »jeder kann ihn sich merken.«

»Nicht der Name ist ein Problem. Bodo ist ein Problem. Einfach weil er kein Mädchen ist. Ich behaupte ja gar nicht, dass er etwas dafür kann. Aber er ist nicht nur ein Junge, er will sich auch wie einer benehmen. Und das heißt, er weiß alles besser. Das geht mir auf die Nerven. Zu Hause habe ich einen Bruder, einen Vater und einen Schal, das reicht.«

Diesmal hatte ich das letzte Wort.

So, jetzt bin ich müde. Keine Ahnung, wieviel Uhr es ist, aber bestimmt Zeit zu schlafen. Nächste Woche schreiben wir eine Englischarbeit, und ich habe nicht geübt. Das gibt sicher die nächste Fünf. Heute Nacht träume ich bestimmt, dass Robert Miss Meisel entführt. Robert, mein Robert.

Schnarch, schnarch. Psschi

PS: Wie heißen eigentlich deine Fische? Einen würde ich »Sushi« taufen.

Köln, Dienstag, 17. November

Pepsi,

mein Gewissen ist in einer Notlage, ich brauche deinen Rat!

Es ist Montagabend, 21.00 Uhr. Ich lag schon im Bett und hatte das Licht ausgemacht. Da kam Papa noch mal in mein Zimmer. Zehn Minuten früher hatte er mir schon Gute Nacht gesagt.

»Fanny, bevor ich es vergesse: Kannst du dieses Buch Frau Schmitt-Holz mitbringen? Ich hatte ihr nach der Lesung versprochen, ihr eine Ausgabe von *Meine Leber so groß* zu besorgen. Mit Widmung vom Dichter. Sie wird sich bestimmt sehr darüber freuen.« Er schaute aus dem Fenster.

»Warum möchtest du, dass sie sich freut? Muss das sein? Meine Schultasche ist sowieso schon viel zu schwer.«

»Nun komm schon, Fanny. Ich habe es ihr versprochen. Und was man versprochen hat, das muss man halten. Das ist doch nicht zuviel verlangt.«

»Aber es ist peinlich. Wenn mich die Leute aus der Klasse sehen, wie ich der Schmitt-Holz das Buch gebe, denken die, ich bin eine Streberin.«

»Papperlapapp. Tu deinem armen, alten Vater ausnahmsweise mal einen Gefallen. Und jetzt schlaf schön. Gute Nacht!« Schwuppdiwupp war er aus meinem Zimmer verschwunden. Und ich saß in meinem Bett mit diesem doofen Buch. Ich schaute mir das Buch genau an und klappte es auf. Mit dicker Tinte hatte der Dichter auf die erste Seite geschrieben: »Für die reizende Frau

Schmitt-Holz, die mir mit ihren roten Locken und den braunen Augen die Lesung erträglich machte.«

Au Backe, das hätte glatt von meinem Vater sein können.

Als ich das Buch in meine Tasche steckte, fiel ein Briefumschlag raus. »An Frau Schmitt-Holz« stand vorne drauf. Auf der Rückseite stand: »H. Sonntag«. Jetzt liegt der Briefumschlag hier auf meinem Schreibtisch. Und ich will nur eins: ihn aufmachen und lesen. Vielleicht macht Papa der Schmitt-Holz darin einen Heiratsantrag!! (Obwohl, sie ist ja Gott sei Dank schon verheiratet. Ihren Mann habe ich noch nie gesehen. Aber sie trägt einen Ehering. Und sie hat einen Doppelnamen.)

Ich muss unbedingt wissen, was in dem Brief steht. Vielleicht kann ich das Schlimmste verhindern. Aber ich darf doch keine Briefe von andern lesen. Das verletzt das Briefgeheimnis. Ich würde Papa umbringen, wenn er meine Post lesen würde.

Aber findest du nicht, es handelt sich hier um einen Notfall?

Soll ich ihn aufmachen? Ja oder nein?

Ich werde ihn auf jeden Fall erst mal hier behalten, in meiner Schreibtischschublade. Das Buch geb ich der Schmitt-Holz morgen ohne Umschlag. Merkt die ja gar nicht, weil sie nicht weiß, dass es diesen Brief gibt. Dann werde ich Bastiane und Johnny davon erzählen. Es ist mir zwar sehr peinlich, aber sie sind schließlich meine besten Freunde. Heute Nachmittag waren sie noch bei mir. Wir haben zusammen das Aquarium eingerichtet. Mit Sand und Pflanzen. Die Fische dürfen erst übermorgen rein.

Wegen irgendeines BH-Wertes, hat uns der Fisch-Verkäufer erzählt.

Kaum bin ich 13, stürzen die Probleme auf mich ein. Geht das jetzt immer so? Ist die Kindheit jetzt vorbei? Schreib schnell, ob ich den Brief aufmachen soll. (Oje, wenn Papa das jetzt lesen würde!!)

Du bist doch ein Jahr älter als ich und hast viel mehr Erfahrung.

SOS – Fanny in Seenot

Winseln, Mittwoch, 18. November

Liebe Fanny,

da gibt's nur eins: – – – AUFMACHEN – – – Mit Wasserdampf. Außerdem soll man Briefe mit der Post schicken und nicht die eigenen Kinder als Briefträger benutzen. Ich glaube, ich muss mal ein ernstes Wort mit Onkel Hartmut reden. Ich finde, das geht zu weit. Der hat nicht mehr alle Tassen im Schrank, dich mit seiner Post zu belästigen.

Bin furchtbar eilig, muss zur Probe, denke an dich.

Peps

PS: Die Kindheit ist schon mit sieben vorbei.

PPS: Wie heißen deine Fische? Nr. 1, Nr. 2? 007 fände ich auch gut. Sind alle Agenten des Fischegeheimdienstes. Du kannst ja deine Fische auf Onkel Hartmut ansetzen.

Köln, Donnerstag, 19. November

Hi, Pepsi,

danke für deine schnelle Antwort. Ja, ich habe den Brief aufgemacht, wie du mir geraten hast. Ich habe den Umschlag über einen großen Topf kochendes Wasser gehalten. Da ging er fast von selbst auf. Ich habe ihn heimlich in Papas Büro für dich kopiert. Vielleicht kannst du ihn mir erklären, er ist irgendwie seltsam.

Liebste Sybille, meine Zauberfrau!

Vom Winde verweht war dein schönes rotes Haar, als ich dich am Abend nach der Lesung nach Hause brachte. Und obwohl der Sturm tobte, fühlte ich tief in mir des Frühlings Erwachen. Am liebsten hätte ich mir eine kleine Blechtrommel geschnappt und meine Liebe zu dir herausgetrommelt, damit alle es hören können. Nachdem deine Haustür ins Schloss fiel, stand ich da, allein, im Herz der Finsternis. Ich ging nach Hause und entdeckte die Langsamkeit. Auf der Suche nach der verlorenen Zeit mit dir hatte ich noch dein Parfum in der Nase. Oh, Hartmut Sonntag, der Idiot! Der Mann ohne Eigenschaften, der hofft, hundert Jahre Einsamkeit hätten nun ein Ende. Obwohl – du sagtest kein einziges Wort! Dr. Schmitt-Holz' gesammeltes Schweigen. Bitte sag mir heute noch, ob ich damit rechnen kann, dich morgen beim Billard um halb zehn im Grünen Heinrich zu treffen. Es muss ja nicht immer Kaviar sein! Oder doch? Dann sehen wir uns eben zum Frühstück bei Tiffany!

Für immer dein unwürdiger Liebhaber

Pepsi, ich glaube, Papa ist verrückt geworden. Er will die doch garantiert heiraten. Was kann er sonst mit »hundert Jahre Einsamkeit haben ein Ende« meinen?

»Sybille«! Ich wusste gar nicht, dass Schmitt-Holz so einen komischen Vornamen hat! Gut, dass ich auf dich gehört habe. Ich habe den Brief auch Johnny und Bastiane gezeigt.

»Als Erstes«, meinte Bastiane, »müssen wir rausbekommen, was für ein Laden dieses ›Tiffany‹ ist. Dort können wir sie heimlich beobachten. Und natürlich der ›Grüne Heinrich‹. Wo sie sich zum Billardspielen treffen wollen.«

Den »Grünen Heinrich« haben wir schnell im Telefonbuch gefunden. Das ist eine Kneipe bei uns um die Ecke. Aber »Tiffany« gab es nirgends. Dann fiel uns ein, dass sie sich weder im »Grünen Heinrich« noch im »Tiffany« treffen können. Denn Schmitt-Holz konnte den Brief ja noch gar nicht lesen. Was mache ich nur?

Jetzt bin ich ganz schön in der Klemme. Wenn ich ihr den Brief erst morgen zukommen lasse, z.B. mit der Post, dann merkt sie doch, dass er viel früher geschrieben wurde. Lasse ich ihn für immer verschwinden, ruft Papa sie an und fragt sie, warum sie nicht auf seinen Brief geantwortet hat.

Ojemine, was mach ich nur, was mach ich nur? Ich ruf noch mal Bastiane an, die weiß immer, was zu tun ist. – – – – – – – – – – – – – –

Also: Bastiane sagt, ich soll den Brief auf jeden Fall vernichten. Wenn Papa mich dann fragt, ob ich denn keinen

Brief im Buch gefunden habe, sage ich: »Was für einen Brief? Ich weiß von gar nichts.« Ich glaube, sie hat Recht. Wahrscheinlich hat Papa seinen Brief sogar schon bereut. Vermutlich war er total betrunken, als er ihn geschrieben hat. Das merkt man doch an den komischen Sätzen *(Dr. Schmitt-Holz' gesammeltes Schweigen).*

Und einen Tag später dachte er sicher: »O nein, was habe ich da nur für einen Blödsinn geschrieben! Dieser dummen Schmitt-Holz! Wie peinlich!«

Ganz bestimmt ist es so. Irgendwann einmal wird er die Wahrheit erfahren. Und dann ist er mir dankbar, dass ich ihn vor dem größten Fehler seines Lebens bewahrt habe. Gut, dass Papa mich hat. Der braucht wirklich jemanden, der auf ihn aufpasst!

Deine Fanny

PS: Ins Gefängnis kann ich, glaube ich, noch nicht kommen, weil ich erst 13 bin! Das hat mir Johnny genau erklärt. Bestrafen kann man Kinder erst ab 14.

PPS: Gestern habe ich meine Fische ins Wasser getan. Sie haben noch keine Namen. Ich werde sie erst beobachten und dann nach ihren Eigenschaften taufen. Erst fand ich deine Namensvorschläge gut. Aber Bastiane hat gesagt, »Sushi« ist japanisch und bedeutet: roher Fisch zum Essen.

Winseln, Samstag, 21. November

Armes Fannylein,

keep cool, girl! Man muss die Sache mit deinem Papa natürlich ernst nehmen, denn dieses Gequatsche von einem Herzen in Finsternis kann nur einem liebeskranken Hirn entsprungen sein! Onkel Hartmuts Zustand ist bedenklich. Der Brief hört sich an, als hätte er seinen Verstand in einem Schließfach am Bahnhof hinterlegt. Ich würde den Umschlag wieder zukleben, in Schmitt-Holz' Briefkasten schmeißen und warten, was passiert. Vielleicht will sie ja mit jemandem, der so durchgeknallte Briefe schreibt, gar nichts zu tun haben, und die Sache löst sich von selbst auf.

Yeti hat übrigens einen neuen Auftritt für uns an Land gezogen, in einem Jugendzentrum in Braunschweig. Weihnachtsfeier am 21. Dezember. Wir sollen sogar Geld dafür bekommen. Von meiner ersten Gage werde ich mir einen Fernseher kaufen, wahrscheinlich geht das nur über Mamas Leiche. Arme Mama.

Traube hat einen Fernseher in ihrem Zimmer. Vorgestern haben wir uns nach den Proben auf ihrem Bett nach langer Zeit mal wieder das Titanic-Video angeschaut. Da schwammen Kate und Leonardo blau gefroren im Eismeer und wir saßen zu viert mit heißem Tee auf Traubes Bett. Bodo lag breit zwischen uns, wie eine Made im Speck. Die anderen meinten, er dürfe auch mitkucken, wenn er schon mal da sei. Ich glaube, sein Saxophon-Aushilfsjob gefällt ihm so sehr, dass wir bald gar nichts mehr ohne ihn machen können. Er legt sich bei den Proben tierisch ins Zeug, um bei Yeti anzugeben. Wahrscheinlich kümmert sie sich bald nur noch um ihn. Während der letzten Probe hat er die ganze Zeit mit Yeti Quatsch gemacht. Charlie und Traube merken das gar nicht, die denken nur an den nächsten Auftritt.

Mimi kommt mit ihrem kleinen Holztelefon ins Zimmer und macht »Brrring, brrring«.

Jetzt muss ich alles fallen lassen und so tun, als würde ich einen Telefonhörer abheben und an mein Ohr halten. Dann schreit Mimi in ihren Holzhörer: »Essen tommen!« Sie spricht jetzt nur noch per Telefon mit uns. Zu ihrem zweiten Geburtstag schenke ich ihr ein Handy, dann kann sie mit ihren Freunden von der Krabbelgruppe quatschen.

Schreib mir bald, ob sich Onkel Hartmut vom Liebesvirus erholt. Aber viel wichtiger ist, ob du dich erholst!

Sag ihm, wenn er nicht mit dem Quatsch aufhört, komm ich vorbei und wasche ihm den Kopf. Dummer Tropf.

100% PEPSI

PS: Heute gab es Vollkorngrieß mit eingemachten Kirschen zum Abendbrot. 'ne Currywurst wäre mir lieber gewesen.

PPS: Robert hat mir ein Herz aus Holz geschnitzt. Er schafft es nicht, seine Eltern von der Idee mit dem Internat abzubringen.

»Ich soll der Beste im Ameisenhaufen werden«, sagt Robert. Was er nur meint?

Köln, Dienstag, 24. November

Hundertprozentige Pepsi,

es ist zu spät. Ich kann den Brief nicht mehr in den Briefkasten stecken. Papa hat alles rausgekriegt. Er hat gestern bei Schmitt-Holz zu Hause angerufen. Und sie gefragt, warum sie nicht auf seinen Brief geantwortet hat. Sie sagte ihm, dass sie gar keinen bekommen hat. So hat er es mir eben erzählt, als er in mein Zimmer gestürmt kam:

»Fanny, hast du etwa den Brief an Frau Schmitt-Holz rausgenommen, der im Buch lag?«

Pepsi, ehrlich, ich wollte lügen, aber ich konnte nicht. Ich konnte noch nie so richtig gut lügen. Stattdessen fing ich an zu weinen. Damit hatte ich mich natürlich verraten.

Papa nahm mich in den Arm: »Fanny, du kannst doch nicht einfach einen Brief verschwinden lassen. Bist du etwa eifersüchtig auf Frau Schmitt-Holz?«

So ein Unsinn, wie kommt er denn auf so eine blöde Idee? »Nein, natürlich nicht. Ich will bloß nicht, dass du dich in meine Lehrerin verliebst. Außerdem ist sie doch verheiratet! Sie hat doch schon einen Mann! Warum lässt du sie nicht in Ruhe?«

»Fanny, misch dich da bitte nicht ein. Mein Leben ist schon kompliziert genug. Manchmal passieren einfach Dinge, die man sich vorher nicht hat träumen lassen. Weißt du, ich lese gerade einen Roman, in dem sich ein Mann gleichzeitig in zwei Frauen verliebt und dann …«

»Mensch Papa, hör auf mit deinen Büchern. Du

brauchst doch gar keine Frau. Wir sind doch auch so zufrieden. Aber wenn du unbedingt eine brauchst, dann heirate doch Mama!« Mist, das war mir rausgerutscht. Ein großer Fehler. Denn ich wusste, jetzt würde ein Vortrag kommen. Ein langer Vortrag, warum es mit Mama und ihm nicht geklappt hat. Weil sie zu verschieden sind, weil sie Sport liebt und er Bücher, weil sie immer in die Sonne will und er nur in den Schnee, blablabla.

»Fanny, sieh mal, deine Mutter und ich, wir sind einfach zu verschie…«

»Papa«, unterbrach ich ihn. »Ich sitze hier gerade an meinen Bio-Hausaufgaben. Ich muss ein Referat über die Vermehrung der Seepferdchen schreiben und hab noch keine Zeile. Kannst du mir mal helfen?«

»Na gut, verschieben wir das Thema. Aber erst will ich wissen, was du mit dem Brief gemacht hast.«

»Den hab ich einfach auf dem Schulweg in die Mülltonne geworfen.«

Plötzlich konnte ich doch lügen. Allerdings wurde ich rot. Was Papa glücklicherweise nicht bemerkte.

»Geöffnet oder ungeöffnet?«

»Ungeöffnet.« Wumms. Das war schon die zweite Lüge an diesem Tag. Wo ich doch sonst nie lüge. Hoffentlich ist meine Nase nicht länger geworden.

Papa seufzte. Und dann fing er an, mir einen Vortrag über Seepferdchen zu halten:

»Im Grunde habe ich eine gewisse Ähnlichkeit mit den Seepferdchen. Zumindest mit den männlichen. Denn sie sind es, die die Kinder ausbrüten –«

»Du hast mich doch nicht ausgebrütet«, protestierte ich.

»Hör zu … und sie ziehen den Nachwuchs auf. Die Weibchen legen ihre Eier in einen Beutel der Männchen. Und wenn die Babys reif dafür sind, stoßen die Männchen irgendwann die Kleinen aus und kümmern sich um sie. Das Weibchen ist dann schon wieder mit einer neuen Eierproduktion beschäftigt. Die legt sie dann einem anderen Männchen in den Beutel. Na, da staunst du, was?«

»Das ist ja ekelhaft. Oma Nierchen hat erzählt, Seepferdchenpaare bleiben sich ein ganzes Leben lang treu.«

»Mhm, das hat sie wohl aus dem Märchenbuch«, lachte Papa.

Komischerweise war er gar nicht so sauer auf mich, wie ich gedacht hatte. Wahrscheinlich ist er insgeheim froh, dass Schmitt-Holz den Brief nicht gekriegt hat.

Wenn du nur meine Fische sehen könntest. Sie sind so süß. Besonders die Saugwelse. Die haben Glubschaugen wie die Simpsons. Deshalb habe ich sie Bart und Lisa genannt.

Heute mache ich mir einen Wochenplan, sonst geht alles drunter und drüber:

Mittwoch: 8.00–13.00 Uhr Schule, danach zu Hause Aquarium saubermachen

Donnerstag: 8.00–13.00 Uhr Schule, 15.00 Uhr Kieferorthopäde, abends Zeug für Mama packen! Nicht vergessen: Herrn Koberg, meinen Koalabären, Englischvokabelheft

Freitag: 8.00–13.00 Uhr Schule, dann fahr ich gleich zu Mama. Hurra! Wir gehen zu einem Eishockeyspiel. Johnny und Bastiane kommen mit. Danach lädt Mama mich ins Kino ein (als Belohnung, dass ich mit zum Eishockey gehe). Ich versuche, sie noch mal ins »Doppelte Lottchen« zu schleppen, damit sie es endlich kapiert.

Samstag: Langes Frühstück mit Mama. Dann joggen wir zu Oma Nierchen und besuchen mit ihr Opa Nierchen auf dem Friedhof. Später gehen wir in die Sauna. Samstagabend will Mama unbedingt mit mir fernsehen, natürlich Fußball. Von mir aus ... Ich mach es mir dann neben ihr auf dem Sofa gemütlich mit einer Tüte Chips und dem Buch »Mein erstes Aquarium«. Ob ich vielleicht ein Seepferdchen im Aquarium halten kann?

Sonntag: Noch keine Pläne. Das geht nicht. Ich muss Mama anrufen. Ob sie schon was vorhat. Wenn nicht, geht sie vielleicht mit mir in eine Ausstellung. Sie heißt *Wunder der Arktis.*

Sag mal, Pepsi, willst du dir wirklich einen Fernseher kaufen? Das ist ja krass. Ich würd keinen wollen. Weil ich gerne zusammen mit Mama oder Papa kucke. Allein in meinem Zimmer bin ich oft genug.

Deine Fanny

PS: Eben hab ich mit Papa zu Abend gegessen. Es gab Fischstäbchen. Ich trau mich nicht mehr richtig, Fischstäbchen zu essen, seit ich das Aquarium hab. Lisa und Bart schauen mir sicher über die Schulter. Deshalb hab ich nur ein halbes Fischstäbchen gegessen. Papa wurde sauer. »Ach Fanny, ist es dir wieder nicht gesund genug, das Essen? Jetzt stell dich nicht so an. Iss auf, es macht wirklich keinen Spaß, für dich zu kochen.«

Die Sache mit Schmitt-Holz hat er nicht mehr erwähnt. Vielleicht hat er sie schon vergessen.

PPS: Wenn ihr keine Mädchenband mehr seid, dann könnt ihr auch nicht mehr YETI GIRLS heißen. Sag das mal deinen Freundinnen.

Winseln, Donnerstag, 26. November

Liebste Fanny,

Onkel Hartmut hat also alles rausgekriegt? Der schlaue Onkel Hartmut. Mannomann, was der sich leistet! Seine Tochter, die aufrichtigste Cousine-Rosine, die ich kenne, in solche Gewissensqualen zu stürzen. Glaubst du wirklich, seine Verliebtheit ist schon vorbei? Weißt du, Erwachsene sind in ihren Entscheidungen oft unberechenbar. Plemplem.

Die Erwachsenen in Winseln auch. Robert muss jetzt wirklich weg. Seine Eltern schicken ihn in dieses Internat ins Sauerland. In zwei Wochen. Kannst du dir das vorstellen? Mitten im Schuljahr? Angeblich, damit er noch Chancen hat, die Versetzung im Sommer zu schaffen. Robert besuchte mich und erzählte es mir. Wir saßen wie zwei Hühnchen, die zum Braten bestimmt sind, auf der Bettkante. Ich hätte am liebsten geweint, ging aber nicht. Ich kann nur weinen, wenn ich allein bin. Robert legte den Arm um mich, und wir küssten uns lange.

Plötzlich sagte eine kleine Stimme »Brrring, brrring …«.

Wir schreckten hoch, und vor uns stand Heini mit Mimis Holztelefon und sagte: »Essen tommen.« Robert bekam einen roten Kopf. Ich stürzte mich auf Heini, warf ihn um, und wir rollten kämpfend vor Roberts Füßen hin und her. Ich glaube, Robert fand das ziemlich merkwürdig. Dann gingen wir runter in die Küche. Ich sagte einfach zu Mama: »Wir haben Besuch. Das ist Robert!«

»Tag, Robert.«

Sie tat so, als sei das gar nichts Besonderes, und drückte

Papa einen Teller Grünkernschiffchen in die Hand. Der bemerkte Robert gar nicht und verschwand mit seinem Teller an den Computer. Die Grünkernschiffchen waren nicht ganz gar, und wir kauten alle wie die Wahnsinnigen auf den Körnern rum. Robert verwickelte Heini in ein Gespräch über Ameisen. Man hätte denken können, er ist Heinis Freund und nicht meiner.

Später habe ich Robert die Geschichte erzählt, wie Mama den Schal gewaschen hat. Er sagte, er würde ihn noch mal mitnehmen und Tag und Nacht tragen. Dann kann ich mich wieder in den einmaligen, unverwechselbaren Robert-Duft hüllen. Was soll ich bloß machen, wenn er weg ist? Er ist der Einzige, mit dem ich richtig reden kann. Wenn er auch meistens in Rätseln spricht. Der Einzige, bei dem es mir in den Handflächen kribbelt, wenn ich ihn nur von weitem sehe. Der Einzige, der so gut küssen kann, dass mir das Herz in die Hose rutscht. Der einzige was weiß ich.

Ich glaube, heute bin ich nicht ganz zurechnungsfähig. Sei nachsichtig mit deiner

verliebten Penelope

PS: Küsse an dich. Küsse an die Saugwelse. Ich muss mir einen Schlüssel für meine Zimmertür besorgen.

PPS: Unsere Schülerzeitung *Das Pausenbrot* will nächsten Montag ein Interview mit den YETI GIRLS machen. Ich finde, wir sollten Yeti mitnehmen. Bodo muss zu Hause bleiben. Wir sagen ihm einfach nichts. Schließlich ist er ja nur Gastmusiker bei uns.

Köln, Montag, 30. November

Liebe liebeskranke Pepsi,

das Wochenende mit Mama war schön. Gestern Abend brachte sie mich ins Bett (dafür bin ich ja mit 13 eigentlich viel zu alt). Sie kraulte mir den Kopf und fragte: »Hast du was? Du bist so ruhig.«

Da musste ich ihr erzählen, dass ich den Brief abgefangen und gelesen hab. Und dass Papa nicht so sauer war, wie ich dachte. Und dass ich ein schlechtes Gewissen habe und wütend auf ihn bin. Sie war ganz still und hat gar nichts gesagt. Sie musste mir versprechen, dass sie Papa nichts davon erzählt. Aber ihre Nase wurde blass, das passiert immer, wenn sie lügt. (Sie lügt nämlich manchmal, deine Mama auch?)

Heute in der 1. Stunde hatte ich auch noch Schmitt-Holz. Sie hat uns die letzte Deutscharbeit wiedergegeben. Ich habe eine VIER MINUS! Die schlechteste Note in meinem ganzen Leben. Die Aufgabe war: Beschreibung eines Gegenstandes. Schmitt-Holz hatte einfach ihre Aktentasche aufs Lehrerpult geknallt. Und wir sollten diese bescheuerte Tasche so genau wie möglich beschreiben. Und bei so einer dummen Arbeit krieg ich eine VIER MINUS!

Mein erster Gedanke war: Sie will mich ärgern. Papa hat ihr die Sache mit dem Brief erzählt und das ist ihre Rache. Ich habe sie genau beobachtet. Bei der Rückgabe der Arbeiten war sie zuckersüß zu mir, das kam mir sehr verdächtig vor. Aber was sollte ich machen? Mich beschweren? Damit sie mich wegen des Briefes anquatscht? Niemals.

In der Pause wollte Bastiane mich trösten und lud mich zum Eis ein. Leider hatte sie kein Geld im Portemonnaie. Ich bezahlte ihr Magnum und mein Capri. Am Nachmittag wollte ich Bastiane noch mal anrufen, hob den Hörer ab und hörte die Stimme von Schmitt-Holz. Sie sprach mit Papa. Du weißt doch, wir haben diese komische Telefonanlage für den Laden und die Wohnung zusammen.

»Hartmut, ich weiß nicht, ob Fanny dir von ihrer Vier minus in Deutsch erzählt hat.«

»VIER MINUS? FANNY? IN DEUTSCH? Das kann doch nicht sein!«

»Ich konnte es auch kaum glauben, als ich ihre Arbeit korrigiert habe. Eigentlich hätte ich ihr eine Fünf geben müssen, sie hat die Aufgabe überhaupt nicht verstanden. Aber das habe ich nicht übers Herz gebracht. Ich glaube, sie ist im Moment ziemlich durcheinander. Hartmut, ich muss dringend mit dir reden. Können wir uns sehen?«

»Eigentlich nur am Wochenende. Da ist Fanny ja bei ihrer Mutter. Sie ist ziemlich empfindlich im Moment.«

»Das kann ich gut verstehen. Umso wichtiger, dass ich dich bald sehe. Samstagabend?«

»Wann immer du willst.«

»Also dann bis Samstagabend. Tschau!«

Schmitt-Holz legte auf. Ich auch. Stell dir vor, sie hat mir aus Mitleid eine VIER MINUS gegeben. Das ist ja noch schlimmer.

Bastiane hat mich heute Nachmittag besucht. Wir haben vor dem Aquarium gesessen und die Fische beobachtet. Johnny kam auch vorbei. »Das ist ja eine Oase der Ruhe hier«, meinte er.

Er war mal wieder auf der Flucht vor seinen Geschwistern und hatte Käsekuchen für uns gebacken. Lecker. Da ging es mir gleich besser. Soll doch Papa machen, was er will. Dann zieh ich eben zu Mama.

Deine Fanny-fischt-im-Trüben

PS: Gerade kommt Papa nach Hause. Er ruft mich schon, bevor er richtig die Haustür aufgemacht hat. Jetzt kommt sicher die VIER MINUS-Geschichte.

Eine halbe Stunde später

Der Feigling hat so getan, als wüsste er von nichts. Traut sich noch nicht mal, mir eine Standpauke zu halten.

Bis bald Fanny

PPS: Ihr habt euch auf deinem Bett geküsst? Und Heini hat's gesehn? Und Robert hat bei euch zu Abend gegessen? Ist Robert jetzt ganz offiziell dein Freund, ohne Geheimnis? Bist du jetzt erwachsen? Wie siehst du aus? Bist du älter geworden? Hast du auch schon Busen? Ich muss dich unbedingt bald wieder sehen!

Winseln, bei den dummen Pinseln,
Mittwoch, 2. Dezember

Liebe Fanny,

glaubst du, vom Küssen kriegt man einen Busen? Dann müsste meiner ja mächtig gewachsen sein in den letzten Wochen. Ist er aber nicht. Blöder Busen. Er ist immer noch so klein wie früher, eine Untertasse voll. Ja, anstatt eines BHs könnte ich mir zwei Untertassen draufbinden. Es gibt sowieso hier auf dem Land keine BHs in Körbchengröße A, meint Mama. Dazu müssten wir in die Stadt fahren, und dazu hat sie im Moment keine Zeit. Wie immer.

Dieses komische Schalenteil, das ich von Traube geerbt habe, kann ich nicht mehr anziehen. Neulich ist Robert mal dagegen gestoßen, und da war eine Delle in der Mitte. Das war ziemlich peinlich. Ich musste ins Bad gehen, um sie wieder auszubeulen.

Ich bin also immer noch BHlos. Meine armen Berge. Der Vorteil eines kleinen Busens ist, dass beim Sport der Wackelpudding-Effekt wegfällt. Ich kann rennen, so schnell ich will, ohne dass die Jungen glotzen und kichern. Das kann Traube mit ihrem Pampelmusenbusen nicht. Entschuldige, dass ich dich mit solchen Nebensachen wie Busengrößen voll quatsche.

Diese Vier minus in der Deutscharbeit ist doch nicht deine Schuld. Du hättest natürlich jede Aktentasche bis ins kleinste Detail beschreiben können, nur eben nicht die von der Schmitt-Holz. Ich finde, dass kann keiner von dir verlangen: Briefe an sie rumtragen, und dann auch noch ihre Aktentasche beschreiben. Du warst doch immer gut in Deutsch. Ehrlich, ich habe dich immer um deine Einser beneidet.

Wenn Robert weg ist, ziehe ich zu dir nach Köln, und wir schicken Onkel Hartmut in die Verbannung nach Winseln. Dann muss er immer Mamas Körnerfraß essen. In Schweden können sich Kinder von ihren Eltern scheiden lassen, wenn die sich schlecht benehmen. Onkel Hartmut hat einfach ein Brett vorm Kopf und deshalb kann er nicht einsehen, dass er auf dem Schmitt-HOLZ-Weg ist.

Ich glaube, die Liebe macht manchmal ein bisschen blöd. Man kann an nichts anderes mehr denken als an rote Locken oder grüne Augen zum Beispiel. Steht man im Bus, verpasst man die richtige Haltestelle. Klingelt das Telefon, bleibt das Herz stehen. Klingelt es nicht, bleibt es auch stehen. Macht man Hausaufgaben, ist nach einer Stunde die Seite immer noch leer, und auf dem Löschblatt steht hundertmal ein und derselbe Name. Vielleicht geht es Onkel Hartmut genauso.

Gestern hatten wir das Interview mit unserer Schülerzeitung *Das Pausenbrot*. Bodo wurde an diesem Tag von seiner Mutter zu einem Kieferorthopäden-Termin nach Hannover gekarrt. Der war also aus dem Weg. Er hat jetzt eine Zahnspange. Die muss er rausnehmen, wenn er Saxophon spielt. Eklig.

Yeti konnte leider nicht kommen wegen einer Lehrerkonferenz. Wir waren um 15.00 Uhr im Probenraum verabredet. Ich hatte mich unheimlich beeilt – Mimi zu Hause ins Bett geschmissen zum Mittagsschlaf, die Spülmaschine ausgeräumt – und war als Erste da.

Die Jungs von der Schülerzeitung, Sascha und ein Diedrich, kamen zwanzig Minuten zu spät. Von Charlie und Traube keine Spur. Diedrich packte ein kleines Tonband aus. Die wollten's wirklich wissen. Mir wurde langsam mulmig. Ich hatte mir gar nicht überlegt, was ich sagen wollte. Als wir eine halbe Stunde gewartet hatten und Traube und Charlie immer noch nicht da waren, wurde ich nervös. Die Jungs sagten: »Dann machen wir eben das Interview mit dir allein.« Was sollte ich antworten? Kann ich nicht? Trau mich nicht?

»Okay, fangt an«, sagte ich. Was die für Fragen gestellt haben! Sollte das Interview jemals gedruckt werden, schicke ich es dir.

Erst später fiel mir ein, dass die halbe Schule das lesen wird. Mir auch egal, dachte ich und fuhr ins Café Klotz, wo ich mit Robert verabredet war. Nur noch eine Woche und dann ist er weg. Ich versuche nicht daran zu denken. Er ist so süß.

Fanny, schreib schnell.

Deine Penelope Schilausky

PS: Mama hat meinen Süßigkeitenvorrat beschlagnahmt. Mimi hat ihn ihr gezeigt.

Köln, Donnerstag, 3. Dezember

Pepsi, o Pepsi,

ich schreib dir doch *immer* ganz schnell, ist dir das noch nicht aufgefallen?

Es ist Donnerstagabend. Das Wochenende kommt näher. Ich muss daran denken, in meine Schultasche alles zu packen, was ich für das Wochenende bei Mama brauche. Denn freitags nach der Schule gehe ich ja zu ihr und bleibe bis Montag. Dieses Hin- und Herziehen ist manchmal ganz schön anstrengend. Letzte Woche hatte ich meine Englischsachen für Montag vergessen. Dabei hatte ich die Hausaufgaben besonders gut gemacht. Erst montags im Unterricht fiel mir auf, dass ich das Heft nicht dabeihatte. Bevor ich alles erklären konnte, hatte der Englischlehrer einen Eintrag in sein rotes Buch gemacht. Aber schließlich bin ich ja nicht schuld an diesem Hin und Her. Sie könnte es anders haben. Und Papa auch. An den will ich jetzt gar nicht denken. Vor allem nicht an Samstagabend, da ist er doch mit Schmitt-Holz verabredet. Leider hat sie am Telefon nicht gesagt, wo sie sich treffen. Vielleicht im Grünen Heinrich? Oder in diesem Tiffany? Ich könnte Bastiane und Johnny fragen, ob wir sie heimlich beobachten sollen. Aber ich fürchte, Mama lässt mich um acht Uhr abends nicht allein vor die Tür. Ich könnte aber auch Mama fragen, ob sie einen Orangensaft mit mir trinken geht, im Grünen Heinrich. Und dann wird Papa da mit Schmitt-Holz sitzen. Und Mama wird eifersüchtig, wenn sie sieht, wie Schmitt-Holz Papa verliebt anschaut. Und dann geht Mama an ihren Tisch und sagt: »Entschuldigung, aber dieser Mann gehört zu uns. Zu meiner Tochter Fanny und mir. Ich liebe ihn.«

Und Schmitt-Holz sagt: »Aber natürlich, das habe ich immer gewusst. Es tut mir sehr Leid, dass ich mit Ihrem Herrn Sonntag hier sitze. Aber jetzt will ich ihn nie wieder sehen. Ich gehe nach Hause zu meinem Mann, den ich eigentlich viel mehr liebe. Ich hatte es nur bis eben nicht gemerkt.«

Und Papa wird sagen: »Oh, Gaby, darauf habe ich immer gewartet. Ich liebe dich auch. Endlich kommst du zu mir zurück. Wir werden wieder eine richtige Familie sein, wie damals, als Fanny geboren wurde.«

Und Papa, Mama und ich werden uns im Grünen Heinrich umarmen und gehen alle drei zusammen nach Hause …

Papa ist in mein Zimmer gekommen. Er hat gefragt, ob ich alles eingepackt habe fürs Mama-Wochenende. Und wie oft er die Fische füttern soll, wenn ich weg bin.

Verflixt, warum klappt ein Happy End immer nur in Filmen und nicht im echten Leben?

In ewiger Liebe grüßt dich Fanny

PS: Ich habe noch null Berge. Gott sei Dank!

Winseln, Sonntagabend, 6. Dezember

Liebste Fanny,

seit Samstag ist Robert weg. Das ganze Wochenende habe ich auf meinem Bett gelegen und die Kissen nass geweint. Die Tränenbäche liefen schon unter der Zimmertür durch, aber keiner merkte es. Heini war mit Liane spazieren. Mama stand im Wohnzimmer auf dem Kopf und meinte, ob ich mein Zimmer nicht mal aufräumen könnte. Papa schlief. Aber weißt du, wer kam und mich trösten wollte? Mimi tapste leise in mein Zimmer, streichelte mich, hielt mir ihr kleines Holztelefon ans Ohr und flüsterte: »Brring, brrring, Bobert.«

Da fiel mir ein, dass ich ihn noch nicht mal anrufen kann. Ich nahm den Schal und rannte weinend aufs Klo. Mimi kam hinterher, rief jetzt laut: »Brrring, brrring, telnieren, telnieren!«, und der Schal sagte: »Hör auf zu heulen, du machst mich nass.«

Heute schleppte ich mich mit dem E-Bass zur Probe bei Traube. Als ich ankam, waren alle noch ganz fröhlich, aber innerhalb von fünf Minuten hatte sich die Stimmung ziemlich verdunkelt.

»Wieso seid ihr nicht zum Interview gekommen? Ihr habt mich mit diesen neunmalklugen Jungs alleingelassen!«, sagte ich zur Begrüßung. Bodo war erstaunt: »Wann war das denn? Davon wusste ich ja gar nichts!«

Traube behauptete, ihre Mutter hätte sie nicht weggelassen, und Charlie meinte: »Ich dachte, ist nicht so wichtig. Ihr schafft das auch ohne mich.«

Diese Charlie mit ihrem Mir-doch-egal-Programm.

Dann sang ich ihnen meinen neuen Rap vor: *Keine Zukunft / Alles Scheiße / Seht, wie ich ins Gras reinbeiße / alles grau / alles mau …*

»Aufhören, aufhören!«, rief Bodo. Mein Vortrag löste wenig Begeisterung aus.

Charlie sagte: »Weißt du, der Text passt irgendwie nicht zu uns.«

»Um ehrlich zu sein, er ist einfach Scheiße«, meinte Traube. Ich fürchte, sie haben Recht. Schließlich hauten wir uns vor Traubes Fernseher und guckten das Nachmittagsprogramm rauf und runter. Danach war die Stimmung erst richtig auf dem Hund. Ich ging nach Hause, ließ das Abendessen stehen und legte mich wieder ins Bett. Wozu bin ich überhaupt aufgestanden?

Deine winselnde Penelope

PS: Wozu bin ich überhaupt auf die Welt gekommen?

Köln, Dienstag, 8. Dezember

Mensch Pepsi,

so kenne ich dich gar nicht! Wozu bist du auf die Welt gekommen? Um mir Briefe zu schreiben, zum Beispiel. Um dich über deine Familie aufzuregen! Um ein Superstar zu werden, der mit seinem Musikvideo hundertmal am Tag auf VIVA und MTV gespielt wird!

Reg dich nicht so über Robert auf. Der kommt bestimmt am nächsten Wochenende zu Besuch. Mach dir doch mal einen Wochenplan, dann merkst du, wie schnell eine Woche vergeht.

Ob Papa sich auch so nach Schmitt-Holz sehnt? Schade, dass man die nicht auch ins Internat schicken kann.

Pass auf, wie die Schmitt-Holz-Hartmut-Sonntag-Love-Story weitergegangen ist: Am Montag komme ich nach der Schule nach Hause und spüre gleich – hier stimmt was nicht. Es war unglaublich sauber und aufgeräumt. Normalerweise sieht die Wohnung nach einem Wochenende ohne Fanny Niere aus wie ein Sauhaufen. Als ich mir die Hände im Badezimmer wusch, entdeckte ich ein Knäuel langer roter Haare im Ausguss!!! Ich legte eins davon unter mein Mikroskop und untersuchte es. Schmitt-Holz-Haare, ganz eindeutig! Das bedeutet: Diese Frau hat sich hier, in meiner Wohnung, die Haare gewaschen oder zumindest gekämmt. Vielleicht hat sie ja sogar hier übernachtet! An Papas und meinem Küchentisch gesessen! Von meinem Tellerchen gegessen, aus meinem Becherchen getrunken … Wenn das wahr ist, dann schicke ich ihr per Fahrradkurier einen vergifteten Apfel!

Oh, es klingelt. Das sind bestimmt Johnny und Bastiane …

Abends

Wir haben Pläne geschmiedet. Bastiane hatte mal wieder eine Idee. Sie wollte unbedingt bei Schmitt-Holz anrufen und rauskriegen, ob sie Samstag nacht zuhause geschlafen hat. Bastiane wählte ihre Nummer, und ich stellte das Telefon laut zum Mithören. Tut, tut … eine Männerstimme meldete sich: »Holz.«

»Oh, Guten Tag, Herr Holz. Ich bin eine Schülerin von Frau Schmitt-Holz. Ist sie zu sprechen?«, fragte Bastiane.

»Nein, sie hat heute Nachmittag Theater-AG.« (Wussten wir längst.)

»Oh, das ist aber dumm. Was soll ich denn jetzt machen?«

»Kann ich dir vielleicht helfen?«

»Nein, eigentlich nicht. Ich hatte Frau Schmitt-Holz versprochen, am Samstagabend einen Film auf Video aufzunehmen: ›Die unendliche Geschichte‹. Weil sie ja am Wochenende verreist war. Aber die Aufnahme ist nix geworden. Das wollte ich ihr schon mal sagen.«

»Komisch, ich war doch zu Hause. Warum hat sie mich nicht gefragt? Kann ich ihr was ausrichten?«

»Ach, ist nicht so wichtig, ich sehe sie ja morgen. Danke, auf Wiedersehen! – Eine Frage noch: Lieben Sie Ihre Frau?«

»Bitte?«

»Lieben Sie Ihre Frau?«

»Selbstverständlich, was soll die Frage?«

»Dann passen Sie besser auf sie auf!«

Bastiane legte auf.

»Bist du wahnsinnig? Wenn der Holz das seiner Frau erzählt! Die ahnt doch sofort, wer hinter diesem Anruf steckt!«, schrie ich wütend.

»Ist doch 'ne gute Idee. Die soll auch mal ein bisschen Ärger kriegen. Wir müssen ihren Mann warnen. Das ist doch ein klarer Fall von Betrug. Meinst du etwa, die hat ihrem Mann erzählt, wo sie über Nacht war? Übrigens, kannst du mir 5 Mark leihen?«

Dabei schuldet sie mir schon 15 Mark. Auch egal. Jetzt ist alles egal.

Ich weiß nicht mehr weiter. Wie kann ich nur verhindern, dass Papa und Schmitt-Holz ...?

Fanny

PS: Papa hat natürlich vergessen, die Fische zu füttern! Sie waren ganz ausgehungert, als ich kam. Wozu sind Fische eigentlich auf der Welt?

PPS: Ich habe Papa nix von den roten Haaren im Waschbecken gesagt. Er hatte mein Lieblingsessen gekocht: Rote Beete, brauner Reis und Sojaschnitzel. Wahrscheinlich hatte er ein schlechtes Gewissen.

PPPS: Wozu bin *ich* auf die Welt gekommen?

Donnerstag, 10. Dezember in Winseln

Allerliebste Fanny,

ich kann's nicht glauben. Schmitt-Holz hat sich in deiner Wohnung die Haare gekämmt. Warum muss sie sich ausgerechnet bei euch die Haare kämmen? Da gibt's doch genügend andere Orte. Zum Beispiel in der Straßenbahn, im Restaurant, im Kino. Alles weniger peinlich als bei euch. Vor allem, wenn du nicht zu Hause bist. Ich stell mir vor, Miss Meisel würde sich heimlich bei uns ihre Locken aufdrehen, und Papa würde ihr dabei helfen.

Heute hatten wir Probe mit Yeti. So sauer habe ich sie noch nie erlebt.

»Was bildet ihr euch ein, hängt rum wie nasse Säcke! Meint ihr, mit diesem Gejaule könnt ihr auftreten? Vor einem fremden Publikum?«

Oje, sie war so zornig. Wir standen da wie festgenagelt, alle vier. Als sie mit ihrer Ansprache fertig war, nahm sie ihr Instrument und ging. Schweigend packten auch wir ein und suchten Zuflucht im Café Klotz, nur Bodo musste schon nach Hause.

»Sie hat Recht«, meinte Charlie und starrte Löcher in ihr Eis. Ja, sie hat wirklich Recht. Wir mussten es zugeben. Asche auf unsere Häupter! Wir sind die faulste Mädchenband der Welt! Oh, Trägheit! Oh, Faulheit!

Wir schämten uns. Yeti hat sich immer so viel Mühe mit uns gegeben. Wir schworen einen heiligen Eid, von nun an jeden Tag zu üben.

Zu allem Überfluss trafen wir im Café noch die Jungs

von der Schülerzeitung. Sie sagten, das Interview sei schon gedruckt, gaben uns drei Ausgaben und verabschiedeten sich. Ich lege dir eine Ausgabe in den Brief.

Die YETI GIRLS – drei neue Sterne am Himmel der Gesamtschule Winseln. Letzte Woche sollte Das Pausenbrot die drei Musikerinnen von den YETI GIRLS treffen. Charlie Bengel, Pepsi Schilausky und Traube Schmitz aus der Acht. Sie sind schon jetzt echte Stars, jedenfalls was ihr Benehmen angeht: zwei erschienen einfach nicht. Deshalb gibt's hier nur ein Interview mit Pepsi:

Warum macht ihr Musik?
Wir machen Musik, weil wir die Leute glücklich machen wollen.
Wollt ihr reich und berühmt werden?
Nein, wir wollen lieber arm und unbekannt bleiben.
Wer schreibt eure Rap-Texte?
Die Texte kommen mit der Post.
Was wollt ihr mit eurer Musik erreichen?
Reich und berühmt werden.
Wie oft probt ihr?
Wir proben nie, denn wir sind Naturtalente.
Wer sind eure Vorbilder?
Yeti, das Sandmännchen und Madonna.
Gibt es etwas, das ihr hasst?
Krieg und Grünkernschiffchen.
Was bringt euch auf gute Ideen?
Jungs mit grünen Augen zum Beispiel. Oder Liebeskummer.
Danke für das Gespräch.
Is schon okay.

Alle, die die YETI GIRLS bei ihrem letzten (und ersten) Konzert gehört haben, werden den GIRLS wünschen, dass sie keinen Jungen abbekommen, damit wir sie bald mit einem neuen Programm bewundern können. Nächster Auftritt in drei Wochen, Weihnachtsfeier der katholischen Pfarrei Braunschweig.

Traube fing sofort an, mir Vorwürfe zu machen. Warum ich nicht gesagt hätte, dass wir unsere Texte selbst schreiben, und dass wir jeden Tag proben. Ich dachte, das kann nicht wahr sein. Erst lässt sie mich allein sitzen, und dann beklagt sie sich noch.

»Außer dir ist doch keine von uns verliebt. Wieso erzählst du so einen Herzschmerz-Quatsch?«, fing auch noch Charlie an. Ich schmiss ihnen die Zeitung vor die Füße.

»Ihr könnt mich mal, macht gefälligst eure Interviews selbst.«

Ich war so sauer wie Mimi, wenn ihr manchmal vor Wut die Luft wegbleibt. Dann wird sie ganz blau im Gesicht, und man denkt, jetzt fällt sie gleich um. Charlie und Traube sahen mich erschrocken an und sagten, sie hätten es nicht so gemeint. Kennst du das? Jemand sagt ganz nebenbei etwas Gemeines zu dir, und dann heißt es: »Warum regst du dich denn so auf? Das habe ich doch gar nicht so gemeint.« Ich hasse das.

Wenn ich mich nicht so auf das Konzert freuen würde, hätte ich die beiden zum Teufel geschickt.

Mein Ruf als Pepsi Schilausky steht auf dem Spiel. Wir müssen in Braunschweig einfach gut sein. Meine Nerven sind dünn wie Glasnudeln.

Deine verkannte Pepsi

PS: Fische sind auf der Welt, um Fische zu sein. Jedenfalls nicht, um in der Tiefkühltruhe im Supermarkt zu liegen. Und du bist vielleicht auf der Welt, um die Fische vor diesem eisigen Schicksal zu bewahren und eine Fastfoodkette mit Sojaburgern aufzuziehen. Und ich bin auf die Welt gekommen, um Popstar zu werden. Jedenfalls nicht, um mein Zimmer aufzuräumen, das ist bestimmt nicht Gottes Plan (auch wenn Mama das glaubt). Aber du weißt ja auch, es geht hier nicht nach dem Allmächtigen, und deshalb muss eine Pepsi Schilausky ihr Zimmer aufräumen und der Fisch in den Kochtopf. Währenddessen liegt der liebe Gott auf der faulen Haut und sieht fern: Sieht dir zu, wie du Fischstäbchen isst und dich über Schmitt-Holz ärgerst, und mir, wie ich aufräume und Sehnsucht nach Robert habe.

Und deshalb muss sich alles, alles ändern! Dabei kann man sich leider nicht auf den lieben Gott verlassen. Der ist noch fauler als ich.

PPS: Robert schreibt nicht.

Köln, Sonntag, 13. Dezember

Pepsi,

tolles Interview. Ich verstehe bloß nicht, warum du keine Grünkernschiffchen magst.

Dieses Wochenende konnte ich nicht bei meiner Mama verbringen, wie sonst immer. Ich musste dafür sorgen, dass Schmitt-Holz sich nicht noch einmal in Papas und meiner Wohnung die Haare kämmt. Also habe ich mir für Papa eine Ausrede überlegt, warum ich am Wochenende nicht zu Mama kann. Ich müsse unbedingt mein Zimmer wieder umstreichen, habe ich ihm erzählt.

»Wieso? Das habe ich doch erst vor kurzem blau gestrichen«, sagte er.

Dann erzählte ich ihm von meinen Pressionen.

»Unser Kunstlehrer hat uns erklärt, dass Farben die Stimmung beeinflussen. Blau ist am schlimmsten. Wenn man in einem blauen Zimmer wohnt, bekommt man Pressionen, hat er gesagt. Darum muss ich mein Zimmer sofort wieder weiß streichen.«

»Du meinst wohl Depressionen, Fanny«, meinte Papa. »Dabei weißt du gar nicht, was das bedeutet: Depressionen.«

Und ob ich das weiß. Es ist das, was ich habe, seit Papa Schmitt-Holz heiraten will. Das behielt ich aber für mich. Eindeutig Pressionen. Das Blau an meinen Wänden hat damit gar nix zu tun.

»Sag deinem Kunstlehrer, er hat keine Ahnung. Blau beruhigt. Das kannst du in allen Büchern über Farbenlehre nachlesen. Soll ich's dir zeigen?«

»Du immer mit deinen Büchern. Ich weiß, dass er Recht hat! Ich bin oft so traurig, seit mein Zimmer blau ist.«

»Bitte, wenn du meinst. Aber eins sag ich dir: die Farbe kaufst du von deinem Taschengeld. Und glaub nicht, dass ich dir helfe. Alle zwei Monate das Zimmer umstreichen, du Prinzessin auf der Erbse.«

Papa ist sauer. Ich wette, er wollte sich mit Schmitt-Holz ein schönes Wochenende machen. Zu ihr können sie ja nicht, wegen Herrn Holz.

Gestern Morgen kam Johnny, um mir zu helfen. Ich glaube, er macht das so gerne, damit er sich nicht um seine Geschwister kümmern muss. Bastiane hatte keine Zeit. Sie musste Geld verdienen mit Babysitten, weil sie überall Schulden hat (vor allem bei mir).

Erst fuhren wir mit der Straßenbahn zwei große Eimer Farbe kaufen. Dann: Zimmer ausräumen, Boden mit Folie abdecken, Fußleisten abkleben, Ecken und Kanten streichen. (Ich habe beim letzten Mal genau aufgepasst.) Und schon war der Samstag vorbei.

Gleich heute Morgen um neun kam Johnny wieder und wir machten weiter. Papa schlief noch. Ich war auch ziemlich müde. Als ich von der Leiter stieg, trat ich mitten in den Farbeimer. Johnny fing an, die Decke zu streichen. Papa streckte verschlafen den Kopf durch die Tür. »Du siehst ja aus wie ein Fliegenpilz, Johnny.«

Johnnys roter Arbeitsanzug war voll weißer Farbkleckse.

»Wir schaffen das allein«, sagte ich zu Papa. Da verzog er sich wieder beleidigt in sein Bett zu seinen Büchern. Mittags machte er uns eine eklige Dose Linsensuppe auf.

Er war immer noch im Schlafanzug. »Die könnt ihr euch warm machen. Immer diese Kocherei. Ich war nicht darauf eingestellt, dass du am Wochenende hier bleibst.«

Er schlurfte zurück ins Bett. O Mann, ist der sauer. Dem hab ich einen schönen Strich durch die Rechnung gemacht. Wir hatten gerade die Hälfte des Zimmers geschafft, da klingelte das Telefon. Ich lief schnell hin. Könnte ja Schmitt-Holz sein, dachte ich.

»Fanny Niere.«

Rums. Aufgelegt. Zehn Minuten später klingelte es wieder.

»Fanny Niere.«

Wieder aufgelegt. Eine halbe Stunde später klingelte es zum dritten Mal.

»Fanny Niere!«, brüllte ich mit aller Kraft ins Telefon.

Aufgelegt. Jetzt war ich sauer.

»Fanny, wer ruft da die ganze Zeit an?«, rief Papa verpennt aus seinem Zimmer.

»Das ist nur Bastiane«, rief ich zurück.

Johnny flüsterte ich zu: »Das ist die dumme Schmitt-Holz. Der werd ich's zeigen. Was hältst du von einem Erpresserbrief?«

Auf der Stelle vergaßen wir unser Zimmer-Verschönerungsprojekt und machten uns an die Arbeit. Draußen wurde es langsam dunkel.

Irgendwann klingelte wieder das Telefon. Diesmal war Papa zuerst dran. Kurz darauf schaute er ins Zimmer. »Johnny, deine Mutter fragt, ob du auch noch mal nach Hause kommst.«

Er sah sich um. »Wie sieht's denn hier aus? Eine Hälfte blau, eine weiß. Willst du jetzt ins Irrenhaus? Die ganze

Farbe ist ja eingetrocknet. Und die Rollen! Und die PINSEL! DAS KANN MAN JA ALLES WEGSCHMEISSEN! Was macht ihr denn da auf dem Boden?«

Schnell verdeckte ich die Zeitschriften, die Nagelschere, unser Buchstabengeschnipsel und die Erpresserbriefe.

»Ich muss, glaube ich, nach Hause, zum Abendessen«, sagte Johnny, und schwups war er weg. Papa starrte die Wände an:

»Zeig das mal deinem Kunstlehrer und frag ihn, was jetzt aus deinen PRESSIONEN wird«, sagte er, knallte die Tür zu und ward nicht mehr gesehen.

Jetzt ist mein Zimmer blau und weiß. Irgendwie komisch. Bin ich auf der weißen Seite, lach ich mich kaputt. Bin ich auf der blauen Seite, weine ich.

Ich muss heute Nacht wohl auf dem Sofa im Wohnzimmer schlafen. Mein Leben ist ein Müllhaufen. Jetzt krieg ich wirklich Pressionen. Das Aquarium steht im Flur. Lisa und Bart schwimmen immer nur im Kreis. Hoffentlich kotzen sie nicht in die Ecke. Ob sie auch Pressionen haben? Sleep well in the Bettgestell …

Deine primierte Fanny

PS: Was soll ich nur mit diesen Erpresserbriefen machen? Ich trau mich nicht, sie abzuschicken. Und schon gar nicht, sie in den Mülleimer zu werfen.

Winseln, Dienstag, 15. Dezember

Armes Nierchen,

am liebsten würde ich sofort nach Köln kommen und mir dein Zimmer anschauen. Halb weiß, halb blau. Eimer mit eingetrockneten Farbpinseln! Ich kann mir nicht vorstellen, dass du es nur fünf Minuten in so einem Raum aushältst. Ausgerechnet du, bei der jedes Staubkorn und jeder Fliegenschiss ein Fach hat. Bei der die Bücher nach Größe geordnet wie kleine Soldaten im Regal stehen. Die immer nach dem Essen sofort den Tisch abräumt und mit einem nassen Lappen die Krümel wegwischt. Mama sagt, du hättest es schon als Baby keine zwei Minuten in einer voll geschissenen Windel ausgehalten. Und jetzt sitzt du in so einem Zimmer! Arme Fanny.

Du hast mir gar nicht geschrieben, was in den Erpresserbriefen steht. »Hände weg von Hartmut?« oder »Wir werden Ihren Dackel grillen. Sie wissen schon, warum«. Du könntest ihr doch auch einen Brief in Hartmuts Namen schreiben, ganz ohne Drohung. »It's all over now, Baby, dein Hartmut Sonntag«. Und dann lässt du deinen Papa morgens ganz früh unterschreiben, wenn er noch im Halbschlaf ist. Kannst es ja als Entschuldigung ausgeben. Und dann kappst du die Telefonkabel. Und erzählst ihr, dein Vater wäre verreist.

Und ihm sagst du, Frau Schmitt-Holz sei in den Kongo versetzt worden. Und mauerst den Briefkasten zu. Nein, halt! Das wäre ja schlecht für mich, dann kämen meine Briefe nicht mehr an.

Vorgestern habe ich den ersten Brief von Robert bekommen. Leider nur einen ganz kurzen, weil er keine Zeit hat. Er schreibt, im Internat ist er fast den ganzen Tag unter Aufsicht irgendwelcher Erzieher und mit den andern Schülern zusammen. Mein armer Robert. Es sei gar nicht so schlimm, schreibt er. Aber er vermisst mich, und mein Foto liegt unter seinem Kopfkissen. Aufhängen kann er es nicht, weil dann die Mädchen doofe Bemerkungen machen. (Was geht die das an?)

Liebstes Fannylein, ich muss jetzt zur Probe.

Halt die Ohren steif. Pressionen sind, glaube ich, was anderes.

Deine immer an dich denkende Pepsi

PS: Alles wird gut.

Köln, Mittwoch, 16. Dezember

Hallo, Pepsi,

seit gestern Nachmittag redet Papa nicht mehr mit mir. Ich habe so getan, als würde ich es nicht bemerken. Seit eben ahne ich den Grund.

Letzten Sonntag haben Johnny und ich doch mindestens 10 Erpresserbriefe an Schmitt-Holz geschrieben. Irgendwann hatten wir keine Zeitschriften mehr, die wir zerschnippeln konnten. Wir waren so schön in Fahrt und konnten einfach nicht aufhören. Da hab ich Papas Literaturlexikon aus dem Bücherregal genommen. Und genau das hat er am Montag den ganzen Abend gesucht. Ich konnte ihm natürlich nicht sagen, dass es in meinem Zimmer steht und ein paar Löcher hat. O Pepsi, noch nie in meinem Leben habe ich so viel gelogen und so komische Sachen gemacht wie in der letzten Zeit. Eigentlich, seit ich 13 bin. Ein verflixtes Alter!

Vor einer Stunde wollte ich Johnny anrufen und fragen, ob er mit mir am nächsten Wochenende das Zimmer zu Ende streicht. Als ich den Hörer in die Hand nahm, hörte ich Mamas Stimme:

»Hartmut, was ist eigentlich mit Fanny los?«

»Gut, dass du anrufst, Gaby, ich muss dringend mit dir sprechen. Ich habe in Fannys Zimmer etwas gefunden, das mir sehr große Sorgen macht. – Fanny? Bist du das am anderen Ende? Ich hör doch jemanden atmen! Fanny?«

Ich klickte mich aus der Leitung. Mein Herz schlug bis zum Hals. Ganz schnell und fest.

Was meint er damit, dass er etwas gefunden hat, was

ihm große Sorgen macht? Etwa die Briefe? Was für eine Katastrophe! Ich muss auswandern. Wenn er die Briefe gefunden hat, dann ist alles aus. Alles wird schlimmer und nichts wird gut. Mein Zimmer ist immer noch halb blau, halb weiß. Die Abdeckfolie hab ich weggemacht, meine Sachen irgendwie wieder eingeräumt. Die Fische sind wieder an ihrem alten Platz. Lisa und Bart schwimmen nicht mehr im Kreis herum. Immerhin, ihr Leben ist wieder in Ordnung. Meins nicht.

Ich muss aufhören, Papa schließt gerade die Wohnungstür auf.

So, Pepsi, jetzt ist es raus. Eben kam Papa in mein Zimmer. Ganz langsam ging er durch unseren langen, schmalen Flur. Tapp-tapp-tapp-tapp. Klopf-klopf. Die Tür ging einen Spalt auf, Papa streckte den Kopf rein, die Haare ganz zerrauft. Müde sah er aus.

Er fragte ernst: »Fanny, hast du mal einen Moment Zeit für mich?«

»Ja, also eigentlich mache ich gerade Englischhausaufgaben.«

»Es ist aber sehr wichtig«, sagte er leise, immer noch ernst. »Schau mal, was ich auf deinem Schreibtisch gefunden habe.« Er holte seine Brille aus der Hemdtasche und setzte sie auf.

»FINGER WEG VON HARTMUT SONNTAG, SONST WIRD ES DIR SCHLECHT ERGEHEN, DU ROTHAARIGES BIEST!«, las er vor, leise und ruhig. Mir wurde schlecht.

»IST EIN MANN NICHT GENUG? MACH SCHLUSS MIT HARTMUT SONNTAG, SONST WACHST DU

EINES MORGENS AUF UND EIN HAUFEN ROTER LOCKEN LIEGT NEBEN DIR AUF DEM FUSSBODEN.«

»Hör auf, Papa, das war doch nur Spaß!«, fing ich an zu heulen.

»WENN ICH DICH NOCH EINMAL MIT HARTMUT SONNTAG ERWISCHE, KANN DEIN MANN AM NÄCHSTEN MORGEN IN DER ZEITUNG ALLES LESEN.«

»Aufhören!«, schluchzte ich.

»HARTMUT SONNTAG IST PERVERS – UND SIE AUCH.«

»Bitte Papa, hör auf. Es tut mir Leid. Wir wollten die nicht wirklich abschicken! Ich wollte doch nur ... Die hat doch am Sonntag immer angerufen ... Ich wollte doch nur, dass sie dich endlich in Ruhe lässt!« Jetzt wurde ich von Heulkrämpfen geschüttelt.

Papa nahm mich vorsichtig in den Arm und kraulte mir den Nacken.

»Jetzt hör mir mal gut zu, Fanny. So etwas macht man einfach nicht. Auch nicht im Spaß. Und das mit deiner Lehrerin und mir ist doch schon längst vorbei.«

»Was?«, heulte ich. »Das glaub ich nicht.«

»Am vorletzten Samstag hat sie mich besucht. Und mir gesagt, dass sie mich nett findet, aber verheiratet ist und ihren Mann liebt und ihn nicht verlassen will. Und überhaupt, was für eine dumme Idee, mich in deine Lehrerin zu verlieben. Aber dafür kann ich ja auch nichts. Endlich lerne ich mal eine Frau kennen, die die gleichen Interessen hat wie ich, die Humor hat, intelligent ist, sagenhaft gut aussieht ...«

»Jetzt übertreibst du aber«, heulte ich weiter, Papas Hemd war inzwischen pitschnass.

»… und so eine Frau ist dann deine Lehrerin und außerdem verheiratet. Was ich zuerst ja gar nicht wusste.«

»Aber Papa, wieso brauchst du denn eine Frau? Du hast doch Mama und mich!«, weinte ich immer noch. Ich konnte einfach nicht aufhören.

»Ach, Fanny. Du musst endlich begreifen, dass Mama und ich nicht mehr zusammenkommen. Das ist ein für alle Mal vorbei. Bitte frag nicht, warum, ich könnte es dir sowieso nicht erklären. Die Liebe ist eine Himmelsmacht. Sie ist wie eine Katze. Kommt und geht, wie's ihr gefällt.«

Da hörte ich auf zu heulen und musste lachen.

»Ach, Papa, bei wem hast du das wieder gelesen?«

»Bei Hartmut Sonntag. Zitat aus seinem zweiten unveröffentlichten Roman ›Väter am Rande des Nervenzusammenbruchs‹, Untertitel: Wie mich meine Tochter einmal fast in den Wahnsinn trieb.«

Da musste ich noch mehr lachen. Und Papa lachte endlich auch.

»Soll dein Zimmer jetzt eigentlich so bleiben? Oder soll ich dir am Sonntag helfen, deine Pressionen endgültig zu vertreiben und die andere Hälfte auch noch weiß zu streichen?«

Mir fällt ein Hinkelstein vom Herzen. Jetzt muss ich schnell Schluss machen. Es gibt Essen. Wie immer Fischstäbchen und Pommes. Aber heute werde ich alles aufessen. Egal, was Lisa und Bart davon halten.

Deine Fanny

PS: Papa hat auch das Lexikon gefunden. Ich hab ihm versprochen, von meinem Taschengeld ein neues zu bezahlen. Leider hat er meinen Vorschlag sofort angenommen. Dafür muss ich sicher ein Jahr sparen.

Winseln, mittags beim Essen, Freitag, 18. Dezember

Ach, Cousine-Rosine-Fanny-Popanny,

als ich eben aus der Schule kam, hab ich deinen Brief gekriegt. Herr Wurm hat ihn mir persönlich in die Hand gedrückt. Er fragte, ob wir noch was anderes machen würden außer Briefe schreiben.

Endlich, endlich habt ihr euch wieder vertragen! Onkel Hartmut hat dich ganz schön in der Hölle braten lassen mit dem Vorlesen der Erpresserbriefe. Du Arme. Er scheint aber auch schwer gelitten zu haben. Ich dachte schon, ich muss euch einen Psychiater schicken, einen Seelenklempner für Onkel Hartmuts gebrochenes Herz und deine Schmitt-Holzobie.

Verfluchte Liebesqualen. Robert schweigt. Seit Tagen hat er nicht geschrieben. Den ersten Brief kann ich dir leider nicht schicken. Es ist der einzige, den ich von ihm habe. Ich trage ihn immer mit mir rum. Der Umschlag knistert dann in meiner Jackentasche.

Gleich muss ich wieder los. Wir proben jetzt tatsächlich jeden Tag mehrere Stunden. Yeti ist begeistert. Bei der letzten Probe hat sie mich gefragt, ob ich nicht einen neuen Rap schreiben könnte. Sie ist die Einzige, die wirklich an mich glaubt.

Schon seit zwei Wochen habe ich keine Hausaufgaben gemacht, wenn das Mama wüsste. Die mampft friedlich neben Mimi und mir ihr Tofuschnitzel. Igittigitt. Aber vielleicht würde sie das gar nicht interessieren.

In drei Tagen steigt unser zweites Konzert. Ich zittere

schon wie Espenlaub bei dem Gedanken an das fremde Publikum.

Ich mach Schluss.

Kuss, Kuss,

deine Pepsi-Nuss

PS: Am meisten Spaß macht mir zurzeit in der Schule der Religionsunterricht. Da haben wir jetzt »Schweigen«. Erst zehn Minuten, dann länger, und wer es schafft, eine ganze Stunde nichts zu sagen, bekommt für Beteiligung am Unterricht eine Eins. Ganz schön schwer.

PPS: Wie findest du meinen neuen Rap *Sag was*?

Du schaust mich an / mir wird ganz klamm / O Baby, sag was / ich vertrag das / einfach nicht / dieses Schweigen / verdunkelt dein Gesicht / alle Engel hören erschrocken auf zu geigen / Hilfe, sag doch was / der Regen macht mich nass / um meine Füße wuchert Gras / die Zeit steht still / ich weiß nicht, was ich will / sagst du / und dein Mund klappt wieder zu

Köln, Samstag, 19. Dezember

Liebste Pepsi,

mein Zimmer ist immer noch halb weiß, halb blau. Papa hatte bisher noch keine Zeit, mir zu helfen. Johnny muss dieses Wochenende zu Hause bleiben, auf seine Geschwister aufpassen. Und ich wollte endlich mal wieder zu Mama. Heute Morgen sind wir direkt nach dem Frühstück auf den Markt gefahren. Als wir wieder zu Hause waren, packten wir in der Küche die Tüten aus.

»Fanny, gib mir mal die Dings rüber, damit ich sie waschen kann.«

»Was meinst du denn? Kartoffeln, Möhren, Äpfel …«

»Na, die Dings, die sind da in der Dings. Wie heißen die noch mal? Na, die Trauben.«

Beim Traubenwaschen fing sie plötzlich von diesen Erpresserbriefen an. Papa hat sie ihr anscheinend gezeigt.

»Fanny, wie kommst du bloß auf solche Ideen? Manchmal denke ich, das ist alles meine Schuld, weil ich ausgezogen bin. Aber irgendwann wird Hartmut doch eine Freundin haben. Vielleicht wird er irgendwann sogar heiraten. Auch, wenn du dagegen bist. Dein Vater sagt dir ja auch nicht, mit wem du befreundet sein sollst und mit wem nicht.«

»Würde dir das gar nichts ausmachen, wenn er eine andere Frau heiratet?« Ich war erstaunt.

»Ich wünsche es ihm sogar. Ich würde auch gerne mal heiraten. Aber nicht deinen Vater, so, wie du dir das vorstellst.«

Mir wurde schwindelig. Ich musste mich setzen. Da ist

wohl nichts mehr zu machen. Die wollen einfach nicht. Darin sind sie sich einig. Zwei gegen einen. Ich glaube, ich brauche einen Psychiater.

Mama ging für eine Stunde ins Fitness-Studio, und ich lernte Englischvokabeln auf dem Sofa mit den dicken Kissen. Darüber bin ich eingeschlafen. Und weißt du, was ich geträumt habe? Es war Weihnachten, ein großer Weihnachtsbaum stand vor mir mit brennenden Kerzen, und kein einziges Geschenk lag drunter.

Goodbye Fanny

PS: Denkst du oft an Robert? Papa hat mir neulich ein Gedicht vorgelesen, von seinem Lieblingsdichter Ringelnatz:

In Hamburg lebten zwei Ameisen,
Die wollten nach Australien reisen.
Bei Altona auf der Chaussee,
Da taten ihnen die Füße weh,
Und da verzichteten sie weise
Dann auf den letzten Teil der Reise.

Winseln, Dienstag, 22. Dezember

Hi, Fanny,

dein Traum kann gar nicht wahr werden, denn ich habe schon ein Weihnachtsgeschenk für dich. Es ist kein Ehering für deine Eltern, sondern etwas wirklich Nützliches.

Das Leben als Popstar ist anstrengend. Nach unserem Ausflug nach Braunschweig bin ich platt wie eine Briefmarke.

Gleich nach der Schule fuhren wir, Traube, Charlie, Bodo, Yeti und ich, mit Yetis VW-Bus nach Braunschweig in die katholische Pfarrei. Wir sollten ja um sechs Uhr spielen. Bodo sprang gleich auf den Beifahrersitz neben Yeti. Traube, Charlie und ich gingen hinten noch mal alle unsere Stücke durch. Ich wollte den *Wald*-Rap singen, aber plötzlich fiel mir kein Wort mehr ein, mein Gehirn war leer, alles von der Festplatte gelöscht. Ich wurde so nervös, dass wir auf den nächsten Parkplatz fahren mussten, weil ich Durchfall hatte.

»Pepsi, du machst das schon. Weißt du noch, wie es bei unserem ersten Konzert war? Damals hast du bewiesen, dass du Nerven aus Stahl hast«, beruhigte mich Yeti.

Nerven aus Stahl! Den Rest der Fahrt durfte ich vorne sitzen. Bodo steckte sich zwei von Traubes Rasseln unter den Pullover und machte Lara Croft in der Schlangengrube nach. Traube und Charlie hielten sich den Bauch vor Lachen. Als wir in Braunschweig ankamen, wurden wir von einem Typ mit einem dünnen, fettigen Pferdeschwanz begrüßt. Das war der Kaplan. »Hi, Kids, dufte, dass ihr gekommen seid.«

Peinlich berührt schauten wir zu Boden. »Einen duften Schuppen haben sie hier«, meinte Bodo mit einem Blick in den Pfarrsaal, in dem drei Plastiktische standen und keine Bühne. »Wann sollen wir denn spielen?«

»Erst kommt der Jugendchor, dann das Weihnachtsmusical. Und ihr kommt als Letzte dran.«

Wir luden unsere Instrumente aus und halfen Traube beim Schlagzeugschleppen. Bodo nahm seine Zahnspange aus dem Mund und legte sie vorsichtig in den Saxophonkoffer. Der Kaplan stellte Weihnachtsplätzchen und Kakao auf die Fensterbank. Es gab noch nicht mal einen Cola-Automaten. Während wir aufbauten, übte der Chor. *Kleines Senfkorn Hoffnung*, sangen zwanzig Jungen und Mädchen. Dann kam die Generalprobe vom Weihnachtsmusical: *Wenn Weihnachten ist, wenn Weihnachten ist, dann kommt zu uns der Heilige Christ.*

Wir fragten Yeti, ob wir an der richtigen Adresse seien.

Sie nickte: »No way out.«

Um fünf Uhr ging es dann los. Bis wir endlich dran waren, kämpfte das Braunschweiger Teenie-Publikum schon mit dem Sandmännchen. Zum Wachwerden spielten wir erst mal *Rapunzel.* Unbeweglich standen die Jungs und Mädchen da und kuckten uns ratlos an. Wahrscheinlich verstand niemand den Text. Yeti warf sofort unsere Reihenfolge um, und wir spielten *Schmeißt die Barbies auf den Haufen.* Zögernd fingen einige an, sich zu bewegen. Und als nach drei Liedern eine

Superstimmung war, hatten wir nur noch eine Zugabe zu bieten. Aber die meisten mussten sowieso nach Hause.

Yeti meinte, das sei wie beim Fußball. Auswärts spielen sei immer schwerer. Für die Übriggebliebenen legte der Kaplan noch ein paar CDs auf. Charlie, Traube und ich tanzten. Bodo verschwand. »Ich setz mich schon mal in den Bus, hab keinen Bock auf Disco.«

Yeti setzte sich an die »Bar«, ein Brett auf zwei Türmen aus Wasserkästen, trank Kakao und ließ sich in ein Gespräch mit dem Kaplan verwickeln.

Ich tanzte völlig versunken, da packte ein Nikolaus meine Hände und legte sie auf seine Schultern.

»Letztes Stück«, rief der Kaplan von der Bar rüber. Es war ein sehr langsames Lied, *Don't Wanna Lose You Now*. Alle tanzten eng umschlungen. Der Nikolaus und ich auch. Sein weißer Bart kratzte an meinem Ausschnitt. Er küsste mich aufs Ohr. Und er tanzte so schön, ganz anders als die Jungs, mit denen ich bisher getanzt hatte. Ich schaute ihm in die Augen – die Augen kamen mir irgendwie bekannt vor. Ich erschrak. Es waren Bodos Augen! Ich zog ihm die Kapuze runter. Bodo lachte.

»Toller Witz, Bodo, ganz toll!«, flüsterte ich. Ich schaute mich um. Hatten Traube und Charlie das mitbekommen? Nein, die packten schon das Schlagzeug ein. Ich ließ Bodo stehen und ging zum Kaplan, der mir für jeden von uns zehn Mark in die Hand drückte. (Da kann ich lange sparen, bis ich einen Fernseher kaufen kann. Glück für Mama.)

Auf der Rückfahrt saß ich vorne im Bus, bei Yeti.

Ich redete kein Wort. Bodo saß hinten und sagte auch nichts.

»Bodo, was ist los mit dir? Hat dir die Weihnachtsfeier die Sprache verschlagen? Du hast so schön gespielt heute auf deinem Saxophon. Habt ihr gesehen, wie ihn die Mädchen angeschaut haben?«, sagte Yeti hinterm Steuer.

»Ich bin scheißmüde«, murmelte Bodo.

Als ich zu Hause ankam, war es schon Mitternacht. Mama saß im Halbschlaf auf der Wohnzimmercouch. Sie war aufgeblieben, weil sie sich Sorgen gemacht hatte. Papa saß neben ihr und war in Hochform. Nachts wird er erst richtig wach. Ich glaube, er ist ein Vampir. Er wollte unbedingt, dass ich ihm einen Rap vorsinge. Obwohl ich todmüde war, tat ich ihm den Gefallen. Wann hab ich meine Eltern schon mal ganz für mich alleine? Ich sang den *Sag was*-Rap.

Mama war auf einmal hellwach und begeistert. Wahrscheinlich merkte sie erst jetzt, dass sie ein musikalisches Genie in die Welt gesetzt hat.

»Ich habe früher auch viel gesungen. Allerdings in einem Kinderchor.«

»Sing uns was vor, Mama, bitte.«

»Ja, sing uns was vor«, bettelten Papa und ich.

Sie stellte sich in die Mitte des Wohnzimmers und sang ein Kirchenlied, auf Lateinisch, irgendwas mit Maria. Ich saß auf Papas Schoß, wir hörten zu und waren stolz auf sie. Hat deine Mama auch so eine schöne Stimme?

Leider schickte sie mich dann ins Bett. Heute Morgen war ich ziemlich müde. Im Unterricht bin ich eingeschlafen. Ich erinnere mich nur noch an eines: Auf meiner Bank lag eine Tüte mit vier Buchstabenkeksen, zwei S, ein U und ein K. Ich hab sie nicht aufgegessen.

MfG

Mit freundlichen Grüßen / die Welt liegt uns zu Füßen / denn wir stehn drauf / wir gehn drauf

(das ist nicht von mir / sondern von den Fanta Vier)

deine Pepsi

PS: FERIEN! WEIHNACHTSGESCHENKE! FANNY KOMMT!

PPS: Und Robert kommt.

Köln, Mittwoch, 23. Dezember

SSUK Pepsi,

das kann ja wohl nicht gemeint gewesen sein. Oder UKSS oder SKUS oder …

War das ein Geschenk vom Nikolaus?

Mein Leben ist ein langer, ruhiger Fluss. Endlich wieder. Manchmal gehe ich einen KKB besuchen. Das kam so:

Am Montag in der sechsten Stunde hatte ich Deutsch bei Frau Schmitt-Holz, meiner ehemaligen Lieblingslehrerin. Sie schrieb gerade einen Satz an die Tafel, den wir abschreiben sollten, um in den Weihnachtsferien darüber nachzudenken: »Das Leben ist ein langer, ruhiger Fluss.«

In der Klasse war es ganz still, man hörte nur das Kratzen der Füller. Draußen schneite es. Ich schaute aus dem Fenster. Auf einmal klatschte etwas kleines Braunes an die Scheibe. Frau Schmitt-Holz lief schnell zum Fenster und schaute runter. Sie rief:

»Da liegt ein kleiner Vogel. Ich muss schnell schauen, ob er sich verletzt hat.« Sie rannte aus der Klasse. Wir natürlich alle hinterher. Schmitt-Holz hockte schon im Schnee und nahm den Vogel vorsichtig hoch. Er piepste schwach.

»Hoffentlich hat er sich nicht den Flügel gebrochen. Wir müssen ihn zum Tierarzt bringen. Ihr könnt nach Hause gehen, ich gebe euch die letzte Stunde frei.« Sie war ganz aufgeregt. So hatte ich sie noch nie gesehen.

»Kommt einer von euch mit zum Tierarzt? Es wäre gut, wenn sich im Auto jemand um den Vogel kümmert.«

»Ich komme mit«, rief ich, selbst überrascht von mir.

»Gut, dann lass uns gleich fahren.«

Auf der Autofahrt zum Tierarzt schaute Schmitt-Holz immer wieder auf den Vogel, der auf meinem Schoß in meinem Schal lag. Hoffentlich schaut sie auch manchmal auf die Straße, dachte ich. Sonst brauchen wir gleich alle einen Doktor.

»Oh, ein KKB«, sagte der Tierarzt, als wir ihm den Vogel zeigten.

»Ein ???«

Wir schauten ihn fragend an.

»Ein Kirschkernbeißer. Der ist ja ganz schön mitgenommen. Sieht aus, als hätte er eine Gehirnerschütterung. Hoffentlich ist es nicht ein Schädelbasisbruch.«

»O Gott!«, rief Frau Schmitt-Holz.

»Na ja, mit viel Glück kann er sich in ein paar Tagen erholt haben. Er braucht Ruhe, ein warmes Plätzchen und jemanden, der ihn regelmäßig füttert, mit Mehlwürmern und Quark.«

Der Tierarzt untersuchte den KKB noch mal vorsichtig und meinte: »Immerhin hat er sich keinen Flügel gebrochen. Wenn Ihre Tochter ihn gut pflegt, kann er bald wieder fliegen.«

»Das ist nicht meine Mutter«, wollte ich protestieren, doch da war der Arzt schon weg. Bei einem anderen Patienten, einem Hund mit Schlaganfall.

Vom Tierarzt fuhren wir direkt zu einem Zoogeschäft, um eine Pinzette zum Füttern und Mehlwürmer zu kaufen. Dann fuhren wir zu Frau Schmitt-Holz nach Hause. Stell dir vor, bei ihr zu Hause sieht es aus wie im Zoo. Sie hat zwei Katzen, ein Streifenhörnchen, drei

Kanarienvögel und ein Aquarium. Ich schaute mich erstaunt um.

»Auf einen Kirschkernbeißer kommt es bei mir nicht mehr an. Den mach ich schon gesund«, sagte Frau Schmitt-Holz.

Sie holte einen alten Vogelkäfig aus dem Keller und stellte ihn in die Küche.

»Das ist jetzt dein Zuhause. Aber bevor ich dich hier reinsetze, kriegst du erst mal was zu essen.« Sie setzte sich auf einen Stuhl, nahm den Vogel aus dem Pappkarton, den uns der Tierarzt gegeben hatte, und setzte ihn auf ihren Schoß. Neben sich stellte sie ein Schüsselchen Quark und das Glas Mehlwürmer. Mit der Pinzette nahm sie einen Mehlwurm, tunkte ihn in Quark und versuchte, dieses Gematsche in den Schnabel des KKBs zu stopfen. Der Vogel wollte nicht essen. Sie strich ihm über das Gefieder. »Ist wohl noch ein bisschen zu früh, schlaf erst mal eine Runde. Wir probieren's später noch mal.«

Ich konnte mich nicht vom KKB trennen.

»Und, Fanny? Hilfst du mir, den wieder hinzukriegen?«

Ich wurde verlegen. »Warum haben Sie eigentlich so viele Tiere?«

»Mmh, ich mag Tiere sehr.«

»Und warum haben Sie keine Kinder?«

»Mein Mann wollte keine.«

»Warum denn nicht?«

»Er hatte wohl Angst, dass ich dann zu wenig Zeit für ihn habe.«

»Und wo ist Ihr Mann jetzt?«

»In Hongkong, er hat eine neue Stelle als Manager für eine große Textilfirma.«

»Aber jetzt ist doch Weihnachten, kommt er da nicht nach Hause?«

»Nein, er muss sich in seinen neuen Job einarbeiten. Er kann erst im Februar Urlaub nehmen.«

»Und warum fliegen Sie dann nicht nach Hongkong?«

»Ich kann doch meine Tiere nicht alleine lassen.«

»Jetzt muss ich aber nach Hause, mein Papa macht sich bestimmt schon Sorgen.«

Frau Schmitt-Holz brachte mich zur Bahnstation. Es war schon halb sieben. Jetzt hatte Papa die Kasse ganz allein machen müssen.

In der Bahn dachte ich darüber nach, wie sich Frau Schmitt-Holz um den Kirschkernbeißer gekümmert hatte. Und wie sie dagestanden hatte in ihrer Wohnung, mit all den Tieren. Und über ihren Mann dachte ich nach, der keine Kinder haben will und dann nach Hongkong geht und sie Weihnachten alleine lässt.

Zu Hause saß Papa am Küchentisch und las ein Buch. Ich erzählte ihm alles vom Kirschkernbeißer.

»Wusstest du, dass Frau Schmitt-Holz so viele Tiere hat? Und dass ihr Mann jetzt in Hongkong ist?«

»Ja, das wusste ich.« Er stand auf und ging zum Herd. »Hast du Hunger?«

»Ja, was gibt's zu essen?«

»Kirschpfannkuchen.«

»Hmm, lecker. Mit Vollkornmehl?«

»Na klar.«

»Warum kommst du nicht mit Mama und mir nach Winseln, Weihnachten feiern?«

»Zu viel Familie. Zu viele Kerzen. Das halte ich nicht aus. Kennst du doch von mir.«

»Ich verstehe dich nicht. Weihnachten ist doch das schönste Fest des Jahres!«

»Für mich ist das die schlimmste Zeit des Jahres. Und dann die ganze Familie Niere. Überhaupt, Weihnachten ging mir schon als Kind auf die Nerven. Da gab's immer Krach.«

»Aber dann bist du ja morgen ganz allein hier.«

»Ich gehe mit meinem alten Freund einen trinken. Das wird sicher lustig. Mach dir keine Sorgen um deinen alten Vater, Fanny.«

Ich ging in mein Zimmer und fütterte die Fische. Bart und Lisa waren sehr gut gelaunt. Sie spielten Verfolgungsjagd. Ich schaute ihnen zu und dachte dabei an den Satz »Das Leben ist ein langer, ruhiger Fluss«. Wenn das Leben ein Fluss ist, dann bin ich ein Fisch, Papa ein Flusskrebs und Mama ein Motorboot.

Und was bist du?

Dein Fannyfisch

PS: Morgen liege ich mit dir unter dem Weihnachtsbaum in einem Haufen von zerrissenem Geschenkpapier und wir schauen zu, wie die Kerzen runterbrennen. Und wenn wir gerade gemütlich daliegen, kommt sicher Mimi und schmeißt den Baum um und alles fängt an zu brennen. Und Heini stürzt sich mit einem Feuerlöscher auf uns, löscht den Brand und alles ist weiß. Und meine Mama Gaby und deine Mama Doro sitzen betrunken mit Sektgläsern in der Hand auf dem Sofa und quatschen und kriegen nichts mit. Und dein Papa kriegt sowieso nichts mit, weil er gleich nach der Bescherung wieder an seinem Computer sitzt. Und Oma Nierchen macht den Riesenhaufen Abwasch ganz allein, will sich von niemandem helfen lassen und kriegt auch nichts mit. Ich freu mich so!

PPS: Warum schreib ich dir denn noch? Morgen kann ich dir doch alles erzählen!